Gan - järven salaisuus

OMISTUSKIRJOITUS

Tämä kirja on omistettu edesmenneelle äidilleni, Ester Emilia Virralle, jonka lähes satavuotinen elämänkaari ehti pitää sisällään kaikki mahdolliset maailman myllerrykset sotineen ja pulakausineen.

Hän hyväksyi jokaisen päivän – yksi päivä on yhdenlainen ja toinen toisenlainen- siinä hänen niin yksinkertaisuudessaan viisas asenteensa. Hän ei katkerana muistellut tai ylisuuria suunnitellut. Hän hyväksyi kunkin päivän sellaisena, kuin se aamuisin aukeni, uutena ja omanlaisenaan. a

Samoin äiti hyväksyi ihmiset, jokaisen omanlaisenaan- yksi ihminen on yhdenlainen ja toinen toisenlainen- siinä elämänviisaus yksinkertaisuudessaan.

Kiitollisuudella äitiä muistaen.

Helsingissä 11.3.2024

Maritta Virta

Maritta Virta

Gan - järven salaisuus

Kustantaja: BoD · Books on Demand, Mannerheimintie 12 B,
00100 Helsinki, bod@bod.fi
Kirjapaino: Libri Plureos GmbH, Friedensallee 273,
22763 Hampuri, Saksa
ISBN: 978-952-80-8525-6
Toinen painos
Kirjan kuvitus
Suunnittelu: kirjan tekstin pohjalta MarittaVirta
Kuvituksen toteutus: tekoäly Copilot

YSTÄVÄLLE

Toivon sinun löytävän tarinasta samaa toivoa ja lohtua, kuin sen kertoja antoi minulle. Joskus silmämme kaipaavat enemmän kuin näemme ja korvamme enemmän kuin kuulemme. Aina meillä ei ole mahdollisuutta matkustaa kauas vieraisiin maihin, etsimään ihmeellisiä seikkailuja.

Voi kuitenkin olla, että levätessämme silmät suljettuina, löydämme ihmeellisemmän ja kauniimman maailman itsessämme. Lähellämme voi sittenkin olla jotakin niin ihmeellistä, ettei tarvitsekaan matkustaa kauaksi, vaan sulkea silmämme ja antaa mielemme viedä meidät ihmeellisiin seikkailuihin. Toivotan sinulle antoisaa matkaa lumotun metsän sydämessä kimmeltävän Gan - järven salaisuuden ihmeelliseen maailmaan.

Siunausta ystäväni, sekä arkeen että juhlaan.

Helsingissä 6.12.2024

Maritta Virta

ESIPUHE

Tämä kirja on kirjoitettu ruuhkavuosien myllerryksessä, perheenäitinä, vaimona ja työelämän pyörteissä. Kirja on ihme, uskon, että tämä annettiin lahjaksi, sillä kirjoittaminen oli niin helppoa.

Elämä oli suorittamista ja tekemistä. Kirjan jälkikäteen lukeminen yllättikin, kuinka paljon kaiken kiireen keskellä kuitenkin on ollut unelmia ja haaveita. Tämän kirjan kirjoittaminen on kulkenut ajatuksissa ennen sen kirjoittamista - teinivuosista lähtien - ja valmiina kirjana odottanut julkaisuaan parikymmentä vuotta.

Tarunomaisella olemuksellaan kirja liikkuu abstrakteissa mielen maisemissa. Meissä kaikissa elää läpi elämän salattuina aarrearkkuina unelmat ja haaveet. Mielemme on luotu kaipaamaan jotakin hyvää ja kaunista. Vapauttaja lahjoittaa sen rakkauden lahjana kaikille etsiville. Lahjan, jonka saatuaan haluaa säilyttää läpi elämän.

Tämä kirja on lahja Vapauttajalta, joka täytti haaveen kirjoittamisen lahjasta. Tämä kirja on kertomus, joka on taru ja osin tosi, elämän matkan seikkailuista.

Lukijalle toivotan rohkeutta antaa itselle lupa unelmointiin ja haaveiluun, jonakin päivänä unelmat voivat toteutua.

Tarinassa esiintyvien nimien selitykset

Gan	on Puutarha
Haim	on Elämä
Haitar	on Vapautettu
Madigaa	on Huolestunut
Mavriaa	on Matkaaja

Matkalle lähtö

Tämä on kertomus, ei taru eikä tosi, joka tapahtuu jossakin tai ei missään. Tämä on kertomus Mavriasta, totuutta etsivästä naisesta, ja hänen uljaasta työhevosestaan Haimista, jotka matkaavat halki metsien ja vuorten, etsien Gan -järveä, ikuisen lupauksen maata.

He ovat samanikäiset ja kasvoivat samassa pihapiirissä, tuntevat siis toistensa luonteet perin juurin. Mavriaa kohtelee Haimia aika ajoin mielivaltaisesti, alistaen ja pakottaen, välittäen siitä vain suhteessa omaan hyötyynsä.

He lähtivät matkaan kauan sitten. Heidän yhdyssiteensä on taivallus salattuun määränpäähän, jonka suunnan he tietävät, mutta paikan sijainti on salainen ja tie sinne vaikeakulkuinen.

He vaeltavat vastoinkäymisten ja voittojen vuorotellessa, menettämättä kuitenkaan uskoaan vaikeimpienkaan koettelemusten ja vaarojen yllättäessä. He taivaltavat sillä matkan vaivat, näin heille on kerrottu, korvautuvat Gan-järven hoitavassa maastossa.

Väsyessään Mavriaa purkaa raivoaan Haimiin, kurittaen sitä, milloin mistäkin aiheen keksien. Tällaisina hetkinä hevonen seisoo tyynenä, odottaen raivokohtauksen loppumista. Se ei enää välitä, tuskin sen ilme edes värähtää Mavriaan syöstessä silmitöntä raivoaan, purkaen vihansa aihetta siihen, joskus jopa ravistellen Haimin paksua harjasta.

Hevosen mieli ja nahka ovat jo aikaa sitten kovettuneet. Se tuijottaa apaattisena jonnekin kauas, ikään kuin nähden jotakin. Sen lasittuneet silmät eivät kuitenkaan katso mitään ne vain lasittavat.

Mavriaa puolestaan on unohtanut tunteet jo kauan sitten ja siksi hän purkaa ahdistuksensa Haimiin. Heidän elämänsä koostuu tapahtumaketjuista, kohtaamisista ja eroista. Kaikki tapahtuu kohtauksen aikana hevosen kulkiessa rauhallisesti eteenpäin, kantaen emäntäänsä, joka on kuin halvaantuneena satulassaan.

Vie kauan aikaa ennen kuin hän rauhoittuu ja palan tunne sydämestä katoaa.

Mavriaa kammoaa näitä hetkiä, siksi hän välttelee kohtaamisia. Hän on opetellut lasimaisen katseen, jota hän on alkanut nimittää lasittamiseksi. Aina huomatessaan hetken, jolloin olisi kohdattava joku, hän turvautuu lasittamiseen. Kohtaamiskohtauksen jälkeen, tilanteen rauhoituttua, Mavria pysäyttää Haimin. Useimmiten he pysähtyvät korkealle vuorelle, josta näkee alas laaksoon.

Haim tuntee hänen surunsa ja asettuu maahan lepäämään rauhoittaen siihen nojaavaa Mavriata, joka silittelee hevosen tuuhean karheaa harjaa.

Hevonen on viisas ja jalo eläin. He ovat tunteneet toisensa koko elämänsä ajan. Haim ymmärtää syyt Mavriaan arvaamattomaan käyttäytymiseen, vaikkei hän itse ymmärrä tekojansa. Haim katsoo häntä levollisilla ja viisailla silmillään, ymmärtäen ja anteeksiantaen.

Haimin lempeys murtaa joskus jopa Mavriaan tunteettoman sydämen ja itseinho pyyhkäisee aaltona hänen ylitseen. Näinä hetkinä hän haluaisi purkaa itsensä kerros kerrokselta ja irrottaa itsestään kaiken pahan ja ahdistavan, jota ei pysty hallitsemaan. Hän hokee sisällään "vihaan itseäni, vihaan itseäni" purren ja narskutellen hampaitaan aivan kuin yrittäen katkaista ne. Hän on oppinut vihaamaan itseään niin hyvin, ettei kenenkään ihmisen viha enää voi häntä satuttaa. Siksi hän ei myöskään osaa vihata muita kuin itseään.

Haim, tuo uskollinen ratsu, seuraa hänen kohtauksiansa ja tietää tilanteiden olevan kavioissaan. Se ottaa kohtaustilanteet kokonaan valtaansa, huojuttelemalla päätään hullunkurisesti hirnahdellen, vetäen huulet turpansa yli paljastaen suuret hampaansa.

Se esittää hevosen naurua ja Mavriaa yhtyy siihen koko sydämestään kyynelten valuessa silmistä. Luonto kuuntelee heidän riemuaan, josta on vaikea erottaa, onko se itkua vai naurua. Se on kuitenkin jotakin sellaista, joka puhdistaa sisältä ja kääntää katseen ja mielen ympäröivään maailmaan, pois ahdistuksesta ja pimeydestä.

Tätä kohtausta Mavria on alkanut nimittää nauritkuksi. Silloin hän muistelee kylää, jonka kujilla hän yksinäisenä etsi paikkaansa.

Matkalaiset katselevat iltaisin laakson kaunista valaistusta pimenevässä yössä, tähtien avatessa ikkunansa taivaankannen kaukaisiin kaariin. Siellä on maailma, jossa he elivät ennen kuin lähtivät tälle matkalle. Nyt siitä on jo niin kauan, että sinne voi katsella ja nauritkeä. Heiltä meni kuitenkin kuukausia ennen kuin he edes pystyivät vilkaisemaan sinne.

Viimein Haim pakotti Mavriaan ryömimään niin lähelle reunaa, että hänen päänsä ylsi vuoren ulkopuolelle, eikä hän voinut katsoa tai nähdä muuta kuin laaksoon. Se teki kipeää, hän ei nukkunut moneen yöhön kunnolla ja se oli raskasta myös Haimille, jonka täytyi rauhoittaa hänen levottomuuttaan.

Näin oli tämän kertomuksen, joka ei ole taru eikä tosi, alku. Yhä edelleen matkalaiset kulkevat eteenpäin. Mitään laaksossa tapahtunutta ei vielä ole todellisuudessa käsitelty. Sen aikaiset tapahtumat ovat iskuina Haimin kyljissä ja Mavriaan itseinho- kohtauksissa.

Matka kuitenkin jatkuu ja juuri nyt matkalaiset nukkuvat. Heillä on takanaan pitkä ja seesteinen kausi. Heistä kumpikaan ei uneksi. Kulkeminen on ollut suht helppoa maastossa, joka on kuin luotu taivaltamiseen. Pian he saapuvat metsän reunaan, josta varsinainen matkanteko alkaa. Sieltä alkaen seikkailu vaatii voimia, joten lepo ja uni ovat tarpeen.

I LUKU

Metsään tullessaan ja sen vehreyden lumoamina Mavriaa ja Haim ovat vielä laakson tapahtumista väsyneitä. Heitä rasittavat monet erilaiset tapahtumat ja asiat. Täällä he saavat heti uudenlaisen kulkusuunnan. Heidän taakkaansa laitetaan uudet painot ja matkalipas kiinnitetään satulalaukkuun. Kumpikaan heistä ei täysin ymmärrä kaikkea mitä tapahtuu, mutta he tuntevat metsän tuoksun ja kuulevat lintujen laulun.

Metsän lumoava rauha kutsuu heitä, on kuin se kuiskaisi lupauksia jostakin paremmasta, aivan kuin määränpää voisi olla heti seuraavan mutkan, kallion tai puun takana.

Tänne he haluavat jäädä, täällä on heidän paikkansa. He kulkevat varoen ja säikkyen kaikkia uusia ääniä. Onko heillä todellakin oikeus olla täällä, kuuluuko tämä kaiken kattava vehreys ja kauneus myös heille. He tapaavat muita kulkijoita, jotkut heistä ovat ystävällisiä. Heidän kanssaan Mavria ja Haim keskustelevat jonkin aikaa. Välillä he käyttäytyvät hassusti ja lapsekkaasti, sillä täällä on aivan uudenlainen vapaus ja ilo. Täällä ei laaksossa vietetty elämä merkitse muuta kuin mennyttä elämää, aikaa ennen vapautta.

He vaeltavat laaksossa monta viikkoa kuin huumaantuneena kaikesta kauneudesta, jonka metsä heidän silmiensä eteen avaa. He tapaavat useita kaltaisiaan, juuri matkansa alkutaipaleella olevia kanssakulkijoita. Pikkuhiljaa matkan edetessä, he huomaavat polkujen erkanevan ja toisten matkalaisten siirtyvän omille poluilleen. Heistä tuntuu haikealle katsella polkujen hajaantumista maastoon, mutta jokaisen on seurattava omaa tietään ja jokaisen matkalaisen on itse selvitettävä tiensä perille.

Varsinkin iltaisin Mavrian on vaikea ymmärtää kuuluvansa tänne. Voiko hän todellakin olla valmis tähän raikkaaseen puhtauteen, ilman menneisyyden taakkaa. Näitä miettiessä ahdistus hiipii kuin varjo.

Vanhat laakson tapahtumat ahdistavat häntä ja Haim vaistoaa hänen synkkyytensä.

Tänään Mavriaan pää tuntuu entistä painavammalta, aivan kuin se halkeaisi kuin tyhjiö, joka on täyttynyt niin, että sen saumat rakoilevat. Hän ei ole vuosikausiin päästänyt tunteitaan sisältään ulos, vaikka niitä on hänelle tullut ulkoapäin. Hän onkin erehtynyt kuvittelemaan olevansa tunteeton. Jostakin syystä nyt on hetki, jolloin hän ei hallitse sisintään ja hädissään hokee mielessään.

" Minulta ei puutu mitään, minulla on kaikkea, minulta ei puutu mitään, minulla on kaikkea. Minulla ei ole oikeutta valittaa minulla on kaikki aineellinen, minulta ei puutu mitään." Jostakin kuuluu ääni, joka sanoo.

" Tuo kaikki minulle niin minä parannan sinut. "Hätääntyneenä Mavria katsahtaa ympärilleen ja sekavat ajatukset pyörivät hänen päässään.

Kuinka Joku Voi puhua eikä Ketään näy, puhuiko Hän minulle vai kuulinko väärin. Kuinka Joku voi tietää minun ajatukseni, joita ei kukaan tiedä. Kuuleeko Joku minua, samassa kuuluu jälleen luja ja lempeän ankara ääni.

" Tuo kaikki minulle salatuimpaan saakka. Ei siksi, etten tietäisi, vaan että itsekin tietäisit. Sinä sanot, ettei sinulla ole auttajaa. Minä Itse olen ollut ja tulen aina olemaan sinun kanssasi. Jos lähdet luotani, niin paluu takaisin on vaikeaa ja tiellä on paljon vastuksia."

" Kuka puhuu, kuka puhuu minulle!!! Mavria huutaa nousten raivoissaan seisomaan ja pyörien ympyrää etsien puhujaa. Kenen on tuo luja ja vahva ääni -jota on pakko kuunnella- ja hän huutaa raivoissaan.

Hän ei huomaa heti maassa olevia miekkoja, jotka välkehtivät auringossa, ennen kuin on kompastua niihin.

" Kuka puhuu, kuka olet, joka luet ajatukseni. Minussa ei ole mitään hyvää!! Sinä joka puhut, joka kuulet ajatukseni. Katso näetkö nämä ajatukseni." Mavria tuijottaa vihaa salamoivin silmin maassa lojuvia miekkoja. Hän kumartuu ottaen miekat käsiinsä, nostaen ne vaistonvaraisesti kohti taivasta ja huutaa.

" Sinä joku, joka olet ja olet ollut ja tulet olemaan, jolle olen kuin tomuhiukkanen viskattuna tuuleen. Näillä miekoilla minä tuhoan. Näytän sinulle ne salatuimmat ajatukseni, jotka jo muka tiedät. Nämä iskimet ovat Kateus, Kosto, Viha ja Katkeruus. Näen maassa viidennenkin iskimen, Rakkauden miekan. Tiedät etten voi koskea siihen, koska se on minulle täysin vieras. Perin omituinen kapistus tällaisen vihakimpun käteen. Katso ja kummastu sinä joku, nyt näet salatuimmat tunteeni."

Mavria käännähtää miekat käsissään ja lähtee vihan vimmassa edessä olevaa kaunista taloa kohti, jonka ikkunoista loistaa kirkkaat valot. Hän ryntää sisään raivoisana välittämättä siitä onko joku kotona. Talo on kuitenkin tyhjä, eikä sisällä ole muita kuin Mavria ja miekat, joita hän ravisuttelee käsissään. Hän antaa katseensa kiertää ympäri, etsien kohdetta mihin voisi ensiksi iskeä.

Mavria sivaltaa miekkansa ilmaan nauraen ja ärjyen. Hetkessä kuuluu särkyvän lasin räsähdys ja kilinää rikkoutuvien pikkuesineiden lennellessä ympäriinsä kauniisti kalustetun huoneen seinille ja lattialle.

Minkä nautinnon hän tunteekaan vihan kaikuessa kaikuvana nauruna tyhjässä huoneessa, särkyvän lasin ja esineiden sekamelskassa. Hän vetäisee keuhkonsa täyteen ilmaa ja päättää yhdellä ainoalla miekan pyyhkäisyllä tiputtaa katosta roikkuvan kauniin ja valtaisan kristallikruunun.

Hän seisoo vielä tovin katsellen ympärilleen ravistellen itseään kooten voimansa keskittymällä iskuun koko kehonsa voimalla.

" Tämän jälkeen, minä menen kadulle ja isken maahan jonkun koston miekalla. Ei ole väliä kenet lyön maahan, eihän kukaan ole välittänyt keitä ovat loukanneet heitellessään piikkejä ympäriinsä."

Mavrian viha saavuttaa äärilaitansa ja hän kääntyy hitaasti vieden oikean kätensä alas viistoon, vasemman jalkansa viereen, katsoen miekan kärkeä.

Täältä on hyvä ottaa luja iskuvoima, oikealle yläviistoon kattokruunun. Hän keskittyy, kerää kaiken voimansa ja nostaa kätensä hurjaan iskuun. Yhtäkkiä käsi pysähtyy törmätessään liikkumattomaan esteeseen, pystymättä jatkamaan iskuliikettä. Raivoissaan ja vihoissaan hän nostaa katseensa.

Hän huomaa edessään valtavan kokoisen hahmon. Kääntäessään päänsä aivan takaviistoon hän tavoittaa hahmon valkoisten hiusten kehystämän pään. Siellä hän kohtaa hahmon kasvot, joiden silmät läpäisevät hänen sielunsa. Hän ei ole koskaan nähnyt sellaisia silmiä. Mavria parkaisee ääneen, sillä nuo silmät ovat ne, jotka tietävät hänestä kaiken ja ovat silti niin täynnä yli ymmärryksen käyvää Rakkautta.

Miekat putoavat Mavriaan käsistä lattialle ja hänen jalkansa pettävät. "Minä kuolen, kuolen häpeästä," hän ajattelee. Hänen vajotessaan tiedottomana kuin hengettömänä, Vapauttaja kiertää kätensä hänen ympärilleen pitäen hänet pystyssä.

Yhtäkkiä valtavat itkun puuskat ravistelevat Mavriaan olemusta ja hän tuntee rakkauden puhaltavan häneen omaa henkeään. Mavria itkee, pyytäen anteeksi aina uudelleen ja uudelleen. Hän haluaisi pyyhkiä jokaisen elämänsä aikana tekemänsä likatahran, poistaa kaikki ilkeät sanat ja ajatukset, joita on ajatellut. Vapauttajan kaikkivoipa ja yli ymmärryksen käyvä syvä rakkaus saa sen aikaan.

Mavriaa on sellaisen ylivoimaisen Rakkauden ympäröimä, jota hän ei ole koskaan kokenut.

Elämä puhaltaa hänen jatkuvasti Rakkauttaan ja Henkeään, ilman pienintäkään syytöstä. Hän opettaa Rakkauden syvimmän olemuksen tuntemista, anteeksiantamista ja toisen hyväksymistä kaikkine virheineen.

Mavria ei voi ymmärtää kuinka tämä on mahdollista, kunnes tajuaa, että Vapauttaja on ollut hamasta aikojen alusta. Hän on nähnyt kaiken jo ennen kuin mitään on syntynyt ja hän on seisova vielä silloinkin, kun kaikki muu on kadonnut.

Sellainen on Vapauttaja, Elämän ja Rakkauden Henki, siinä ei ole syytöstä eikä tuomiota vaan se tuo valoon kaiken sen millä ihminen on itseään vahingoittanut.

Nyt on vain luotettava Vapauttajaan, Rakkauteen ja Henkeen ja jätettävää kaikki taakseen, vasta sitten voi täysin nauttia metsän raikkaudesta ja matkan seikkailuista.

Ei ole helppoa kohdata omia tekojaan Rakkauden ja Elämän edessä. Sillä se on paikka, jossa ei voi selitellä, siinä voi vain katsella tekojaan tietäen, ettei mitään niistä enää saa tekemättömäksi.

Silloin astuu esiin Anteeksiantamuksen Henki, joka lupaa kaiken menneen olla mennyttä. Sitä ei voi muuttaa. Mutta sen voi unohtaa.

Mavria huomaa yhtäkkiä seisovansa Haimin vierellä, suojaisassa lehdossa suuren ikitammen juurella. Hän ei tiedä kuinka kaikki on tapahtunut, oliko se ollut totta vai tarua. Sillä ei kuitenkaan ole merkitystä, se ei ollut oleellista, tärkeintä oli se mitä hän oli tuntenut ja oppinut.

Nyt hän tietää, että ihmismielelle on täysin mahdotonta ymmärtää syvintä rakkautta. Siinä ei ole itää eikä länttä, ei pohjolaa eikä etelää, ne kaikki hukkuvat rakkauden hyvyyteen ja suuruuteen, jossa ei ole syytöstä eikä moitetta. Sen läheisyydessä ihmisen kuvitelmat omasta hyvyydestä murenevat tomuksi, sillä sitähän ihminen on, vain pienen pieni tomuhiukkanen, pienempi kuin pienin muurahainen.

Näitä ajatellen matkalaisemme käyvät levolle ihmeellinen rauha mielessään, vuosien paineet pois pyyhittynä. Viimeinkin sydän voi lyödä rauhallisemmin, vieläkin siellä on jäljellä menneisyyden taakkoja, mutta nyt hän tietää niiden olevan anteeksiannetut. Elämä voi alkaa alusta, jokainen uusi päivä on puhdas valkoinen taulu, joka maalataan aina uusin värein puhtaalle uudelle pohjalle.

II LUKU

Aamuauringon säteet pujottelevat vaihtelevan lehtipuuston ja ikivihreiden puiden lomitse. Mavria on levollinen eilisen purkauksen jäljiltä. Se kaikki tuntuu kuin unelta, mutta se oli kuitenkin niin todellinen.

Kallion reunalla kauempana, harmaa västäräkki pomppii lintulaukkaa. Metsän täyttää lintuarmeijoiden viserrys, säksätys ja livertely. Kesä elää parasta aikaansa. Luonto kertoo omaa tarinaansa, elää omaa elämäänsä, niin kuin se on aina elänyt.

Mavria raottaa silmiään varovasti, ettei häiritsisi tätä lumottua hetkeä. Jostakin aivan läheltä nousee kauniin keltainen perhonen ja kimalainen surisee kodikkaasti päivänkakkaran ympärillä.

Täällä kaikki on niin yksinkertaista, jokaisen eläimen toimittaessa omia askareitaan. Haim värisyttelee korviaan. Se on kuullut jotakin, mitä ihmisen korva ei kuule. Mavria katsoo kauemmaksi huomaten jänislauman istuskelemassa jonkin matkan päässä. Tuulen suunta on niistä poispäin, joten ne eivät ole huomanneet tunkeilijoita. Siellä ne istuskelevat, loikkivat ja syövät ruohoa. Pienimpien poikasten kisaillessa kesän lämmöstä nauttien.

Mavria tietää auringon asennosta päivän olevan jo hyvällä alullaan ja heidän olevan valmiit jatkamaan matkaansa. Hän houkuttelee Haimia vähän kauemmaksi niitylle syömään ruohoa.

Itse hän kaivaa repustaan edellisenä päivänä keräämänsä tuoreet hunajamarjat. Hieman kauempana on lähde, josta hän ammentaa astiaansa juotavaa. Lähde on kaunis. Hän lepää sen edessä kuunnellen hyönteisten surinaa, nauttien veden raikkaudesta sekä luonnon kostean mullan ja kukkivien kukkien sekametsätuoksusta.

Lähteen reunalla kasvaa kauniita metsäorvokkeja ja hiukan loitompana kielot levittäytyvät valtavana valkoisena merenä saniaisten kupeessa.

Viimein matkalaiset saavat voimansa kerätyksi ja jatkavat taivallustaan. Aamuisin on vaikea saada itseään liikkeelle, matka tuntuu loputtomalta, joskus väsyttää ajatella pitkältä tuntuvaa vaellusta. Taivaltaessaan matkaa Haimin selässä korkealla istuen, puiden muotoja ja niiden lehtien ja neulasten värisävyjä katsellen, ajan olemassaolo lakkaa.

Katsellessaan kuullakaan sinistä kesäpäivää, jossa kiuru nousee kohtisuoraan ylös ja aina ylemmäs laulellen, hän pohtii ajan olemusta.

Aika on hänen mielestään muuttumaton vakio. Koko maailman kaikkeus on aika, jossa kaikki liikkuu, jonka sisällä vaihtelevat kaikkien planeettojen liikkeet, joista syntyvät vuorokausien, kuukausien, vuosien ja vuosisatojen aikaketjut. Kaikki tapahtuu ajan sisällä ja ajassa. Aika on vain sana ja kaava, jonka mukaan ihminen hahmottaa oman olemassaolonsa ja rajallisuutensa.

Lähes jokainen puu täällä tuoksuvassa metsässä on vanhempi kuin hän ja se tuo sanomattoman turvallisuuden tunteen. Ne ovat nähneet ja kuulleet paljon seisoessaan vartiopaikallaan. Ehkäpä niillä on oma salainen kielensä, jonka avulla ne hahmottavat tapahtumia ja ajan vaihteluita.

Mavriaa ja Haim haistelevat molemmat tuulta. He tuntevat lähestyvänsä kaupunkia. Tuoksu ei ole huumaava vaan enemmänkin tyrmäävä. Mavria sitoo Haimin puuhun ja pyytää sitä odottamaan. Hän itse menee tutustumaan kaupunkiin ja ostamaan matkavarustuksia.

Kaupungin kadut ovat hämäriä, pari metriä leveitä sokkeloita, joissa auringonvalo ei ylety maahan asti. Niillä kulkiessaan hän huomaa kolme lasta. Iloisina ja lapsenuteliaina he kävelevät keskenään peuhaten ja koskien pienillä sormillaan kaikkea uutta ja mielenkiintoista.

Vähän kauempana kulkee merkillinen valkoisten olentojen seurue. Hän lähestyy niitä miettiväisenä. Katu on korkeiden vanhojen talojen reunustama. Mukulakivinen, ahdas ja pimeä kujanne, niin kuin kadut ennen olivat. Eläimet huomatessaan pikkuiset riemastuvat ja lähtevät juoksemaan niitä kiinni. Mavria kiiruhtaa heidän edelleen, jonkin merkillisen vaiston ajamana eläimiä kohti. Niissä on jotakin outoa, mitä hän ihmettelee.

Päästessään lähemmäksi, hän huomaa olentoja olevan noin kahdeksan kappaletta. Hän huomaa ne jäniksiksi, jotka hän näki metsässä aamulla herätessään.

Kaikki ei ole kohdallaan, sillä niiden kulku on vaivalloista ja ne liikkuvat toisiinsa nojaten. Osalla kaikkein pienimmistä on pälviä turkissaan ja alta näkyy vaaleanpunainen iho.

Mavria pyörähtää ympäri ja kaappaa niiden luokse kirmaavat lapset syliinsä huudahtaen.

"Älkää koskeko niihin, ne ovat sairaita. Katsokaa noita pikkuisia, kaikkein pienimpiä, niiden vastustuskyky ei ole riittänyt ja ne ovat saaneet ruttotartunnan. Ne ovat niin heikkoja ja peloissaan etteivät pysty kulkemaan muuta kuin laumassa, toinen toistaan tukien."

Lapset tuijottavat sanattomina ja Mavria jatkaa. "Huomaatteko, tuolla ulkolaidalla ovat äsken tulleet, jotka ovat vielä terveitä. Osa niistä selviytyy ja osaan niistä tarttuu sama tappava tauti. Se tarttuu muista tartunnan saaneista jäniksistä. Kävelkää seurassani, vien teidät pääkadulle, missä aurinko ja valo pitävät teidät terveinä."

He kulkevat jänisseurueen perässä, lasten sääliessä poikasia, joiden turkista puuttuu laikkuja. Ne katsovat heitä surullisina ja peloissaan. Lapset tahtoisivat silittää ja lohduttaa niitä, mutta Mavria estää heidän pienet kätensä koskemasta niihin.

Pimeän kujan päässä alkaa näkyä valoa. Mitä lähemmäksi valoa he tulevat sitä aremmaksi pikkujänisten rykelmän kulku käy. Ne pysähtyvät jo hyvän aikaa ennen valoisaa pääkatua.

Mavriaa opastaa lapset niiden ohi ja päästyään valoon he katsovat jäniksiä. He yrittävät houkutella ne valoon, sillä auringon lämpimät säteet hoitaisivat ne jälleen terveeksi. Puput käpertyvät toisiinsa entistä lujemmin, heidän suostutellessaan niitä. Ne kääntyvät hämärälle kadulle, josta juuri äsken olivat tulleet. Vaivalloisesti loikkien ne palaavat takaisin varjoisalle kujalle.

Mavriaa lohduttaa lapsia, joiden ilme kirkastuu Mavriaan kertoessa heille kohdanneensa puput aiemmin metsäniityn reunalla. Mavriaa hymyilee veitikkamaisesti ja silittelee lasten hiuksia sanoessaan.

” Nämä jänöset leikkivät aamulla niityllä, kun söin aamiaista. Katselin ja ihailin niiden hauskoja touhuja.” Mavriaa sanoo.

Innoissaan pikkuiset taputtavat pieniä käsiään. Mavriaa jatkaa vielä kannustaen lapsia luottamaan jänisten parantuvan taudista.

"Olen nähnyt nämä jänöset leikkimässä niityllä ja siitä tiedän, että ne välillä uskaltautuvat tulemaan valoon ja aurinkoon. Niityllä jänikset söivät ruohoa ja leikkivät keskenään. Lapset, uskotaan ja luotetaan, että nämä kaikki jänikset paranevat sairaudestaan ja saavat nauttia niityn kukista ja siniseltä taivaalta paistavasta auringosta. " Mavriaa siirtyy taaemmas ja jatkaa opastaen lapsia.

"Nyt lapset, menkää kotiin, äitinne on varmaan jo huolissaan. Kulkekaa varoen ja katsokaa mihin koskette, kaikki kaunis ei ole vaaratonta. Kysykää äidiltänne ja luottakaa hänen neuvoihinsa." Mavria kannustaa lapsia ja vilkuttaa hyvästiksi, lähtiessään itse etsimään kauppaa Haimin kanssa.

Hänen on hankittava matkaa varten tarvitsemansa tavarat. Siihen kuluu jokunen tunti, hänen etsiessään kaikki listallaan olevat tavarat. Hankittuaan ostokset, hän kiiruhtaa takaisin metsää kohti

. Haim vaistoaa ahdistuksen, joka seuraa aina kaupunkimatkan jälkeen. Mavrian tullessa hevonen seisoo tyynenä ja rauhallisena, antaen hänen kaikessa rauhassaan laittaa tavaransa satulalaukkuihin. Jonkin aikaa Mavria vielä seisoo katsellen puiden takana häämöttävää kaupunkia. Lopulta hän kääntyy ja palaa metsän puiden suojaan.

Hän yrittää rauhoittua ja taluttaa jonkin matkaa Haimia, kunnes viimein kiipeää mäen kumpareen päällä olevalta kiveltä satulaan, jatkaen matkaa. Hänen mielensä askartelee äsken tapahtuneessa välikohtauksessa.

Hevonen juoksee lujan päättäväisesti, vieden heidät tuuhean lehdistön turvalliseen ja tuoksuvaan vehreyteen. Mavriaa on väsynyt kokemastaan ja kohtaamiskohtaus on lähellä, mutta kuitenkin tällä kertaa hän onnistuu ohittamaan sen.

Mavriaa rauhoittuu melko nopeasti kokemastaan ja palan tunne katoaa sydämestä Haimin rauhallisen laukan tahdissa. Jäljelle jää kuitenkin surun tunne jäniksistä vielä kauaksi aikaa. Se tunne palaa takaisin jälkikäteen, hänen tavatessaan iloisia pitkäkorvaisia pupuja metsän turvaisassa suojassa.

Katsahtaen taivaalle hän lähettää Vapauttajalle rukouksen, että hän pitäisi huolta niistä pienistä, jotka ilman omaa syytään ovat sairastuneet. Nämä ahdistavat ajatukset eivät anna rauhaa ennen kuin matka on jatkunut tovin. Mielen täyttää ympäröivän luonnon rauhoittava tunnelma ja tulevan päämäärän odotus.

Mavria muistaa kuinka hän kuuli päämäärästä, tuosta ihanasta Gan-järvestä, jonne jokainen voi tulla, jos vain löytää tien. Tiellä pysymiseksi on kuitenkin osattava erottaa valon puoli ja varjeltava mielensä metsän kätköissä vaanivalta pimeydeltä.

Pimeys on pohjaton, jos valitsee vahingossa väärän tien. Se muistuttaa jatkuvasti olemassaolostaan, sopivin ja sopimattomin hetkin, silloin kun sitä vähiten odottaa. Pimeydellä on monet kasvot, se voi naamioitua mitä kauneimpaan muotoon eikä koskaan toitota nimeään etukäteen. Se luikertelee pukeutuen peiteasuun, kauniisti hymyillen tai ihanasti kimaltaen, yrittäen esittää parempaa kuin on. Joskus se voi tulla harmaana pilvenä, joka peittää valon vain osittain. Siinä muodossaan sitä on hankala erottaa, sen hämärtäessä valon ja pimeyden rajan.

Haim pysähtyy tuuhean tammen alle, huomatessaan hevosen pysähtyneen Mavriaa laskeutuu maahan. Hän istahtaa puiden suojaisaan varjoon kaivaen repustaan ostamiaan eväitä. Haim puolestaan siirtyy edessä olevalle niitylle nyhtämään tuoretta ruohoa. Keskipäivä on jo takana ja rauhaisan iltapäivän leppeä tuulenvire pyyhkii pois loputkin ikävät ajatukset.

Molemmat matkalaiset nukahtavat syötyään itsensä kylläiseksi ja uneksivat kumpikin ties mistä. Ehkä he tekevät unissaan matkaa kahdestaan tai erikseen tai ehkäpä eivät uneksi lainkaan, on vain levon hetki. Metsä elää elämäänsä kuten eli ennen heidän saapumistaan.

Linnut, jotka heidän saapuessaan, hetkeksi pelästyneenä siirtyivät kauemmas livertäen ja säksättäen varoituksia ympäristöön, palaavat takaisin. Jossakin lintuemo ruokkii poikasiaan ja kettuemo lepää poikastensa vieressä, jänisten uinaillessa omissa laumoissaan unohtaen pelkonsa ja arkuutensa.

Tämä on hetkistä kauneimpia, kun keskipäivän jälkeen kaikki lepäävät pahimman kuumuuden uuvuttamana, niin luonto, ihmiset kuin eläimetkin, nauttien lämmöstä ja levosta.

Jonkin tunnin kuluttua Haim ja Mavria heräävät janoisina ja lähtevät etsimään lähdettä. Onneksi metsä on täynnä pieniä kirkkaita silmäkkeitä, joista saa juodakseen Gan-järven vettä.

Lähteen viimein löydettyään ja siitä juotuaan, heidän kaipauksensa järvelle yltyy entisestään. Veden raikas puhtaus täyttää heidän olemuksensa. He kaipaavat nähdä millainen on järvi, jonka vesi on kuin kuultavaa, läpitunkevaa kirkkautta ja puhtautta.

Matkalaiset jatkavat jälleen matkaansa. Mavriaa heiluttelee hiuksiaan tuulen puhaltaessa niihin ja hyräilee yhtä hänen monista matkalauluistaan. Kaikki laulut kertovat päämäärän suloisuudesta ja muistuttavat matkan vaaroista. Ennen kaikkea niissä lauluissa kerrotaan tavasta, jolla matkaa tehdään. Matkan aikana on koko ajan pidettävä ajatukset ja mieli kiinni, joko tietoisesti tai tiedostamatta, elämän kirjan sanoissa ja teoissa.

Elämän kirjassa Vapauttaja opettaa, ettei matkalainen kuule vierasta ääntä ja vaikka kuuleekin niin ei tottele, koska henki tunnistaa vieraan äänen. Mavria on huomannut, että hän tunnistaa parhaiten Eksyttäjän laulaen Elämän matkalauluja, joissa kerrotaan Eksyttäjän metkuista, jotka ovat itse asiassa melko naurettavia.

Tänään hän ei aio uhrata aikaa millekään mikä muistuttaisi jostakin ikävästä tai mieltä masentavasta asiasta, vaan nauttii kuin lapsi matkastaan. Jokainen päivä on hänelle uusi seikkailu.

Mavriaa ei tiedä ajan lähestyvän, jolloin hänen on turvauduttava rasiaan, jonka hän sai satulalaukkuunsa, samoin kun muutkin matkaajat, metsään saapuessaan. Sen sisällä on vastaukset ongelmiin, joita jokaisen on ratkottava ja selvitettävä matkallaan. Rasian ohjeiden avulla tiellä pysyminen on helpompaa.

Matkanteko saattaa tuntua raskaalta, jos ei ole aivan tarkoin päättänyt kulkea tietä perille saakka, vaan on lähtenyt empien. Ennen kuin ihminen astuu tälle metsätielle, häneltä kysytään moneen kertaan, onko hän varma siitä, että tämä on hänen tiensä.

Matkalaisille on tärkeintä luottaa enemmän Henkeen ja Elämän kirjaan kuin omaan itseensä, sen vuoksi olisi hyvä, jos jokainen kohtaisi Vapauttajan jo matkan alkaessa. Omin voimin täällä ei selviä. Joillekin taivaltajille on käynyt ikävästi, koska he eivät ole ensin selvittäneet välejään Vapauttajan kanssa, vaan ovat hiipineet hänen ohitsensa. Usein sellaisissa tapauksissa matkalaiset unohtavat rasiansa tai hukkaavat sen, koska eivät ymmärrä sen tärkeyttä ja merkitystä.

Matkan pituus väsyttää heidät, koska he eivät ole kohdanneet Vapauttajan Henkeä. He ovat nukahtaneet ja joutuneet pimeyden polulle koskaan palaamatta sieltä. Jotkut ovat kuitenkin haavoittuneina päässeet hapuillen takaisin tielle.

Varsinkin myrskyisillä ilmoilla sateen hämärtäessä näkökentän taivaltaminen on täysin matkaajan ja vaistojen varassa.

Ne selviytyvät parhaiten, jotka kuuntelevat Vapauttajan lahjoittamaa Elämän Henkeä. Mitä kauemmin menee, ennen kuin löytää Elämän ja Hengen, sitä vaikeammaksi niiden löytäminen käy ja sitä väsyttävämmäksi matkanteko muuttuu.

III LUKU

Matkalla on saavuttu tyveneen alueeseen, jossa voi aistia pitkän vaelluksen tehneenä jo monia kokemuksia eläneenä, pimeyden uhkaavan läsnäolon. Tähän mennessä matkalaiset ovat saaneet kulkea melko rauhassa sen vaaroilta, mutta nyt sen olemassaolo lähenee.

Metsän linnut laulavat syvemmin ja pikkulinnut joutuvat silloin tällöin petolintujen uhkaamiksi. Täällä on väsymys käsin kosketeltavan lähellä ja nyt matkalaulut ovat entistäkin arvokkaampia, sillä niistä saa voiman ja rohkeuden.

Silloin tällöin matkan varrella on levähdyspaikkoja, joissa voi oleskella hetken hengen läheisyydessä ja kuunnella sen viisaita opetuksia. Niissä voi aterioida ja juoda Gan - järvestä ammennettua vettä.

Levähdyspaikkojen Temppeleissä on myös muita taivaltajia, joiden kanssa voi keskustella. Yhdessä heidän kanssaan voi hiljentyä ja etsiä Hengen ohjausta. Joskus Hän puhuukin, joko jollekin erityisesti varoittaen ja rohkaisten tai sitten kaikille yhteisesti. Levähdyspaikoissa on joitakin kulkijoita, jotka ovat jääneet pysyvästi tai väliaikaisesti sen suojaisaan lepoon, jaksamatta taivaltaa eteenpäin.

Mavria huomaa edessään levähdyspaikan, kauniin valkoisen Temppelin, jossa on korkea torni. Hän pysäyttää Haimin ja lähtee kaipauksen tunne sisällään kulkemaan sitä kohti. Tullessaan ovelle hän vaistoaa pimeyden läsnäolon. Hän tarttuu suureen rautaiseen ovenkahvaan ja valonsäteet singahtavat sisälle temppelin hämärään eteiseen valtaisan oven avautuessa.

Korkean salin keskikäytävää reunustavat penkkirivit ja suoraan edessä on kaunis alttari freskoineen. Hän pysähtyy nauttien hiljaisuudesta. Samalla valonsäteet alkavat himmetä oven hiljalleen sulkeutuessa heidän takanaan.

Hän lähtee astelemaan kohti kirkon etuosaa, jossa hän huomaa jonkin lepäävän korkealla korokkeella. Kulkiessaan käytävällä hänen katseensa on kiintynyt alttarilla olevaan hahmoon. Hänellä on outo tunne siitä, ettei hän ole yksin. Vilkaistessaan vasemmalle sivulleen, hän huomaa seinustan varjossa tummaan pukuun pukeutuneen tuimakatseisen hahmon. Koko seinustaa peittää ovirivistö, jonka ovia olento paukuttaa tuijottaen synkästi vihaa uhkuvilla silmillään. Se yrittää pelotella Mavriaan ulos temppelistä ja estää hänen kulkunsa kohti temppelin etuosaa.

Mavria on ensimmäistä kertaa silmätysten pimeyden kanssa. Hän kulkee varoen, mutta määrätietoisesti kohti alttaria. Hän yrittää olla välittämättä olennon vihaa uhkuvasta olemuksesta ja jatkaa kulkuaan.

Peloissaan hän alkaa laulamaan Vapauttajasta ja kauhun käydessä yli hänen voimiensa laulu muuttaa muotoaan ja hän hokee vain yhtä sanaa, Jeesus.

Viha hahmon silmissä kasvaa sitä mukaa, mitä lähemmäksi alttaria tullaan, mutta sen kulku hidastuu ja Mavriaa tietää ehtivänsä ennen sitä alttarilla makaavan luo.

Kumartuessaan alttarin ylle, hän huomaa väsyneen matkalaisen, jonka henki on melkein jo jättänyt hänet. Mavriaa rukoilee painaen oikean kätensä hahmon päälle. Hän alkaa rukoillen pyytää vapauttajaa parantamaan matkalaisen, että hän voi vielä jatkaa matkaansa, uudistuneena ja voimallisena.

Yhtäkkiä Mavria tuntee viiltävän kivun oikeassa kädessään, jonkin kiskaistessa siitä. Kääntäessään päätään, hänen silmänsä tuijottavat suoraan pimeyden olennon synkkiin pohjattomiin silmiin. Irvokkain vihan vääristämin kasvoin se sylkee syyttäen." Sinä olet syyllinen, sinun vuoksesi tämä matkalainen on kuoleman sairaana."

Se huutaa ja raivoaa ravistellen Mavriaan kättä, yrittäen riistää sen häneltä. Mavria puolustautuu kivun kyynelten valuessa hänen hätääntyneistä silmistään.

" Kuinka olisin voinut tehdä jotakin niin kamalaa, enhän edes tunne sairastavaa matkaajaa. Meidän täytyy rukoilla Jeesusta parantamaan ja uudistamaan hänen voimansa."

Pimeys raivostuu näistä sanoista, yrittäen repiä rukousasentoon polvistuneen Mavrian oikean käden irti, estäen häntä rukoilemasta, siinä kuitenkaan onnistumatta.

Rukouksen kuluessa lähes hengetön taivaltaja alkaa elpyä. Pimeyden olento huutaa vielä viimeisen syytöksensä ja ryntää lopulta ulos temppelistä raivoten ja ulvoten tietäen, että täällä sillä ei ole mitään valtaa.

Mavria kiiruhtaa alttarille taluttaen hämmentyneen ja onnellisen matkaajan istumaan Temppelin korkeaselkäisen penkkirivin päähän. Siinä he lepäävät istuen molemmat väsyneinä odottaen hengen uudistavaa voimaa.

He aterioivat, syövät ja juovat Mavriaan aiemmin ostamia eväitä kertoen matkan tapahtumista. Temppelin hiljaisuus ja rauha on jälleen palautunut ja heidän mielensä on rauhoittunut. He riemuitsevat Elämän kirjan Sanasta, joka aina vakuuttaa sen Voimassa ja Hengessä kulkevalle voitot vaaroista ja Pimeyden vallasta.

Jätettyään hyvästit ja siunattuaan uuden ystävänsä matkalle, Mavria kiiruhtaa Haimin, tuon uskollisen ystävänsä luo, joka kuljettaa hänet lepäämään kedolle.

He pysähtyvät iltapäivällä tuoksuvan ja kauniin niityn reunaan, suuren tammen lähelle. Mavria laskeutuu maahan, riisuu satulan hevoselta ja pohtii vielä olevan jonkin aikaa illan kauneimpaan hetkeen.

Nostaessaan satulaa suurelle sammalen peittämälle kivelle, hän huomaa matkarasian kulman pilkottavan puoliavoimesta satulalaukusta. Hän päättää tarkastaa, josko rasiassa olisi jokin viesti hänelle, sillä äskeinen pimeyden kohtaaminen on vienyt täysin hänen voimansa.

Hän nojaa kiveen puoleksi seisoen ja puoleksi istuen. Hän nostaa rasian vasemmalla puolellaan olevan satulan laukusta kuin ohimennen, katsellen samalla taivaan horisonttiin. Heidän alapuolellaan vuoren juurella lepää laakso, jonka kauneus kaukaa katsottuna häikäisee. Mavria tietää kuitenkin siellä asuneena, että sen lumous on katoavainen kuin kuvajainen vedessä.

Hän tunnustelee rasian sileää pintaa käsillään, pohtien voisiko siellä olla mitään, joka rauhoittaisi hänen mieltään. Hitaasti hän irrottaa silmäänsä ilta-auringon pimeydessä kylpevästä horisontista rasiaan.

Hän aukaisee rasian, pitäen sitä sääriään vasten, asettaen avatun rasian kannen oikealle puolelleen kivelle. Varovasti hän nostaa käteensä purkin pohjalta sinisen silkkinauhan.

Mavria nojaa kiveen surun painamana ja alakuloisena, pitäen silkkinauhaa kädessään. Hän nostaa katseensa uudelleen, katsoen kauas sametin pehmeään horisonttiin, joka valmistautuu laskeutumaan illan pehmeään ja lempeään suojaan.

Mistä tulee kaikki tuo ahdistus ja pimeys, joka on valmiina ottamaan ihmisen valtaansa, puristaen niin pieneen ja ahtaaseen tilaan, että pelko lamaannuttaa hetkittäin kaiken toiminnan.

Hän nojaa voimattomana tuijottaen eteensä, yrittäen kerätä voimansa lukeakseen tuon silkkinauhassa olevan viestin. Kädet ovat kuitenkin raskaat, niin raskaat, ettei hän jaksa nostaa niitä. Jalat ovat puuduksissa ja voimattomat matkan rasituksista.

Hän pudottautuu maahan käpertyen kiven juurelle antautuen väsymyksen, pettymyksen ja pelon valtaan, kyynelten valuessa kasvoilla.

Siinä hän odottaa peläten lopullista tuhoaan. Hän rukoilee Vapauttajaansa, tietäen itse olevansa kuin lapsi äitinsä kohdussa, avuttomana ja voimattomana suojaamaan itseään.

Missä hän on, kuka hän on, kuinka hän on eksynyt tähän maailmaan, jota ei tunne omakseen. Hän tuntee pettäneensä koko luomakunnan ketjun, sen, johon hänet on osana istutettu. Hän rukoilee, ettei tuo rautainen ketju pettäisi hänen kohdallaan. Vapauttaja on voimallinen auttamaan. Hän on koko Universumin hallitsija, Hän tyynnytti meret, Hän paransi sairaat. Hän paransi sokean silmät. Hän voi parantaa myös sisäiset sielun silmät näkemään asiat Hänen silmillään.

Hänellä on Rakkauden täyttämät silmät ja voima hallita koko maailmaa, niin kuin ei kenelläkään muulla. Me olemme Hänen luotujaan. Hän on tuntenut meidät jo äitimme kohdussa. Hän on luonut meidät ihmeellisesti. Ihminen on ihmeellisin ihmeiden ihme

" Vapauttaja auta, ota pois tämä pimeys, vapauta sieluni.

Tule ja anna voimaasi kohdata se elämä, jonka minulle tarkoitit.

Pyyhi pois paha, jolla olen maailmaasi pimentänyt, nosta sinun valoosi.

Opeta minulle; kärsivällisyyttäsi ja lujuuttasi,

kohdata niitä, jotka sinua väheksyvät, etten käytökselläni peittäisi valoasi.

Lahjoita voimaasi nähdä toivottomuudessa toivo, epäuskossa usko, pimeydessä valkeus, vihassa rakkaus."

Väsyneenä Mavria tuntee kuinka rauha ja lepo laskeutuu hänen kehoonsa. Hän lepää nojaten selkäänsä lämpimään kiveen, suuren tammen oksat suojaavana kattona yläpuolellaan.

Vihreä ruoho levittäytyy pitkin loivaa alaspäin viettävää niittyä. Sen alapuolella lepäävän laakson jälkeen nousten jälleen ylös. Kohti takana olevia vuoria,¨ joiden huiput halkaisevat horisontin.

Tuntuu kuin raskas peitto olisi nostettu hänen päältään ja hän itse kuin unesta heränneenä katselee ihmetellen tyynen tuuletonta luontoa. Auringonlasku punertaa taivaanrantaa, päivän siirtyessä kaukaisten vuorten taa, viimeisten lintujen laulaessa unilauluaan.

Jälleen kerran hänelle on annettu voima ylittää tuo kuilu päivästä iltaan ja yön levolliseen syliin. Ulkoisesti kaikki on näyttänyt melko tyyneltä, mutta hänen mielensä ja kehonsa kulkivat ahtaasta tunnelista, joka yritti puristaa sekä hänen mielensä, että hänen kehonsa valumuotin tavoin elottomaksi, tyhjäksi kuoreksi.

Siinä paikallaan leväten, hän kuuntelee luonnon hiljaisuutta. Tammen viereinen puro solisee hiljaa uomassaan. Kaikki tuntuu olevan kohdallaan, tässä pienessä palassa maailmankaikkeutta.

Mistä tulee tuo näkymätön vihollinen, joka ottaa valtaansa ahdistaen kaikkialta. Miksi ihmiselle ei ole annettu silmiä nähdä ja korvia kuulla ahdistuksen muotoa ja näköä.

Onko todellakin niin, että sisäinen kamppailu on asetettu ihmismieleen ikuisesti. Hyvän ja pahanko voimat ne taistelevat lamauttaen koko ihmisen hetkittäin. Sieltäkö nousee ihmisen alitajuinen tahto tehdä hyvää tai pahaa.

Mavria katselee silkkinauhaa, mielen askarrellessa samoja iäisyyskysymyksiä, joita ihmiskunta on pohtinut vuosituhansien ajan.

Hän kohottautuu istumaan, nojaten jalat koukistettuina kiveen, kyynärvarsien levätessä polvilla. Hän pitelee silkkinauhaa molempien käsiensä peukalon ja etusormen välissä.

Nostaen silmänsä keskiyön lähestyvään pehmeään hämärään, hän lähettää vielä mielessään kiitoksen Vapauttajalleen, joka otti pois pimeyden raskaan vaipan hänen yltään.

Mavriaa tarkastelee satulalaukusta löytämäänsä silkkinauhaa. Hän ei vielä tiedä mitä siinä on, ilmeisesti jokin teksti. Hän kaivaa repustaan taskulampun, valaisemaan jo hämärtyvää iltaa. Nostaessaan valon kankaaseen, hän huomaa siinä kultaisella kirjoitetun viestin.

Rohkeus.

Herra on minun valoni ja apuni,

ketä minä pelkäisin?

Herra on minun elämäni turva,

Ketä siis säikkyisin?

Kun vainoajat käyvät minua kohti

Iskeäkseen hampaansa minuun,

He itse kaatuvat,

vihamieheni ja vastustajani suistuvat maahan.

Luettuaan tekstin Mavria katselee levollisin mielin taivaan horisonttiin piirtyviä vuorenhuippuja. Hänen Vapauttajallaan ei ole sattumia, kaikilla asioilla on oma tarkoituksensa. Ahdistus ja pelko on poissa ja tilalle on tullut luottavainen turvallisuuden tunne siitä, ettei hän ole yksin.

Hän nousee viimein ja katselee vielä hämärtyvää taivaanrantaa, astellen Haimin luo, joka on jo käynyt nukkumaan. Silkkinauhan hän asettelee hellävaroen takaisin rasiaan. Viimein hän huokaisten painautuu hevosen suuren ja turvallisen selän taakse nukkumaan.

Katsellessaan maailmaa se tuntuu yhtäkkiä niin pienelle, että Vapauttaja voisi pitää sitä kämmenellään ja kuiskailla ihmislapsille rauhoittavia ajatuksiaan. Ne ajatukset, hiljaisia kuin tuulen henkäys, ja ne voi pystyä aistimaan, jos keskittyy kuuntelemaan mieli avoimena.

Mavria hymyilee tuntien taivaankaikkeuden avaruuden miljoonien tähti-ikkunoiden suojaavan hänen untaan. Nukkuessaan hän näkee kaunista unta tai ehkäpä hänen sielunsa onkin lennähtänyt avaruuden halki tähtipolkua pitkin aina kolmanteen taivaaseen saakka.

IV LUKU

Tänään taival kulkee tasaista hiekkatietä, sitä pitkin Haimin on helppo hiljakseen astella. Tien molemmin puolin aukenevat kesäiset viljapellot tuulessa huojuen. Pienen mäen nousu ja vasemmalla puolella tietä on vaalea puutalo ja sen takana punainen tiilinen navetta. Mavriaa ohjastaa Haimin sivukujalle kuin odottaen tapaavansa jonkun. Äkkiä jostakin säntääkin pieni mustatukkainen tyttö, joka näyttää hassulle epäsuhtaisine kasvoineen ja valtavien hiuspehkoinen.

" Hei täti, oletko eksynyt?" Lapsukainen hihkaisee.

" Ei, en suinkaan, halusin vain jostakin syystä tulla vilkaisemaan tätä pikkutietä. Oletpas sinä reipas pikkutyttö, minun nimeni on Mavria." Hän vastaa huvittuneena.

" No, minun nimeni on Madigaa. Haluaisitko tulla katsomaan meidän navettaan uusia lampaitamme? "Pikkutyttönen kysyy.

"Mielelläni, en olekaan aikoihin nähnyt pikkuisia karitsoita."

Mavria vastaa hypähtäen maahan satulasta, sipaisten nopealla liikkeellä Haimin ohjakset seinässä olevaan koukkuun.

Tyttönen ohjaa hänet sisälle navettaan, jonka voimakkaat tuoksut pysähdyttävät hänet hetkeksi.

Lapsi menee pieneen aidattuun karsinaan, jossa kaksi pikkuista karitsaa määkii huojuvin jaloin. Madigaa ottaa seinän vierustalta maidolla täytetyn limonadipullon, jonka suulla on juomatutti. Hän istahtaa lattialla olevien olkien päälle ottaen pikkuisen karitsan syliinsä juottaen sitä pullosta.

" Katsohan täti, eikö se olekin suloinen, niin pehmeä ja pörröinen," tyttönen huokaa onnellisena.

Mavriaa katselee hetken aikaa ja hiipii hiljaa ulos. Hän tuntee itsensä ulkopuoliseksi katsellessaan herttaista kaksikkoa. Hän kävelee vähän matkan päähän kalliolle katsellen kauniita viljavainioita ja tuuheita vaahteroita. Hän hämmentää viereisestä kaivosta Haimille juotavaa ja täyttää samalla oman vesipullonsa puhtaalla raikkaalla vedellä.

Hänen huomaamattaan tyttönen on tullut ulos navetasta ja juoksee häntä kohti." Täti tule mennään tuonne tien reunaan, pihlajan viereen katsomaan. Siellä tapahtuu jotakin koska siellä on niin monta ihmistä katsomassa. Madigaa huikkaa ohittaessaan Mavrian.

Pihalla lepäilee mustavalkoinen koira ja tien oikealla puolella avautuvalla pellolla kolme hevosta varsa, tamma ja ori syövät ruohoa punaisen ladon lähellä. Yhtäkkiä ori villiintyy ja juoksee vauhkona pitkin peltoa viskellen takajalkojaan korkealle ilmaan.

Tien oikealla puolella pihlajan vieressä olevan aidan takana lapset - Mavria on liittynyt heidän seuraansa - ja aikuiset katsovat esitystä. Miehet päättävät, että ori on vietävä latoon, ettei se vahingoita varsaa ja tammaa. Mavriaa pysäyttää Haimin ja jää seuraamaan tilannetta.

Rohkeat miehet lähtivät juosten, pihlajan vierestä kulkevaa tietä pellolle, suitsien ja herkkupalojen kanssa. Kukaan katselijoista ei näe kuinka ori saadaan sisälle latoon, mutta huokaisevat kaikki helpotuksesta tietäessään tamman ja varsan olevan turvassa. Saatuaan orin latoon miehet kääntävät valtaisat rautasalvat ladon etelä- ja pohjoisseinillä olevien ovien eteen.

Pihlajan juurella esitystä seuraava joukko kuulee puolen kilometrin päässä olevasta ladosta hevosen raivoamisen. Ori riehuu vimmoissaan ladossa, se potkii seiniä, hirnuu ja raivoaa, purkaen kaiken eläimen kiukkunsa ulos. Jossakin vaiheessa se väsyy ja rauhoittuu, vain silloin tällöin kuuluu uupunut hirnahdus.

Joukkio jää seisoskelemaan vielä toviksi, jos toiseksikin, tuumaillen tapahtumaa vaiti tai ajatuksensa ääneen lausuen. Joku lapsista yrittää matkia hevosen ilmapotkuja ja hirnuntaa, toisten seuratessa ja hiihtäessä.

"Se hevonen potki paljon korkeammalle, "tytönpallero sanoo.

" Tietenkin se potki, se on HEVONEN ja sillä on pidemmät jalat," hevosta antaumuksella esittänyt lapsukainen tuhahtaa närkästyneenä.

Mavria naurattaa auringon paahtamien lasten into ja riemu. Heitä katsellessaan hän ymmärtää, miksi Vapauttaja puhuu aina niin kauniisti lapsista.

Mavria kuulee ihmisten vielä keskustelevan tuosta rajusta hevosesta, joka vieläkin potkii ladon ovia.

" Muistan kuinka viime kesänä tyttäreni olivat vähällä päästä hengestään. Sisarukset olivat tuomassa seipäitä pellolle heinäkärryillä, niiden pyörän osuessa maassa olevaan koloon, hevosen pelästyessä metsästä kuuluvaa rysähdystä." Siniruudullista huivia päähänsä paremmin asetteleva emäntä huokaisi ja jatkoi tarinaansa.

"Se lähti lennättämään siskoksia kärryssä pitkin peltoa. Tyttäreni yrittivät turhaan pysäyttää hevosta ohjasten avulla, luullen viimeisen hetkensä tulleen. Pyörä osui viimein kiveen ja kärryt keikahtivat kumoon hurjassa vauhdissa. Toinen tyttäreni satutti kuitenkin jalkansa ja sai siihen suuren arven muistoksi seikkailusta." Hurjan oriin omistajan vaimo jatkoi tarinansa loppuun. Hän vetäisi kuin varmemmaksi vakuudeksi vielä sinisen huivin solmun kunnolla solmuun samalla sipaisten kädellään esiliinaa, kuin pyyhkäisten ikävän muiston pois mielestään.

Pikkuhiljaa joukko alkaa hajaantua omiin askareihinsa ja lapset juoksevat jo talon pihamaan ruohikolla kuperkeikkoja tehden. Päivän suuri tapahtuma oli ohi.

Mavria antaa Haimille merkin, huiskauttaa vielä kädellään tervehdyksen pihlajan ja pihan suuntaan jatkaen jälleen matkaansa. Tie kulkee edelleen tasaisena, sen vasenta puolta reunustaa metsä, jonka takaa pilkottaa vanhan ladon vierestä kulkeva tie vanhalle autiomökille.

Ilmeisesti valkoisen talon asukkaat olivat asustaneet tätä mökkiä ennen muuttoa uudempaan ja tilavampaan rakennukseen.

Tien oikeaa laitaa reunustaa tuulessa huojuva viljapelto. Mavriaa muistaa lapsena juoksennelleensa tuollaisella pellolla sisarustensa ja serkkujensa kanssa. He tekivät sinne polkuja nauttien siitä, etteivät nähneet viljan tähkiä korkeammalle. He sukelsivat pellossa kuin meressä, näkemättä muuta kuin sinisen taivaan. Häntä hymyilyttää muistellessaan isän touhuja.

"Heti pois sieltä, viljaa ei saa niitetyksi, josta poljette sen maata vasten. Mitäs me sitten talvella syömme." Lapset tulivat peloissaan pellon reunaan ja pyysivät anteeksi. Hän muistaa isän olleen todella vihainen, mutta silti hän oli vain komentanut heitä muualle leikkimään. Ehkäpä hän oli itsekin juoksennellut viljan varsien joukossa pikkupoikana.

Haim kulkee rauhaisaa tasatahtia ja Mavria nauttii tästä kesäisestä päivästä. Matkatessaan tämän pienen kylän läpi hän aistii onnen, joka edelleen on tyypillistä siellä, missä ihmisten kesken on vielä aitoutta ja välittämistä.

Hän sulkee silmänsä kuunnellen ja haistellen, kuin keräten talteen tätä levollisuuden tunnetta aisteillaan, sellaisten päivien varalle, jolloin myrskyilma repii raivopäisenä puiden lehtiä.

Tien oikealla puolella ojaa reunustavat tuuheat pajupensaat, jotka herkuttelevat ojasta saamallaan vedellä. Niiden takaa lähtee sivutie aholle. Teiden yhtymäkohdan mutkassa sivutiellä istuu pieni tyttönen, tietämättömänä maailman kovuudesta. Mavria pysäyttää ratsunsa ja kysyy.

" Eikö ole turvatonta istua siinä keskellä tietä, joku voi vahingossa ajaa päällesi."

Tyttöstä naurattaa vastatessaan." Eikö täti tiedä, ettei tuolla ahotien päässä asu kuin kaksi perhettä. Eihän tästä ketään muita kulje. He osaavat kyllä varoa ja kuulenhan itsekin hevosen kavioiden ja rattaiden äänet hiekkatiellä."

" No sinäkö asut tuossa punaisessa talossa tuolla edessä olevalla mäellä."

" Niin, en kyllä oikeastaan asu siellä kovin usein, Siellä asuvat serkkuni, minä asun valkoisessa talossa, jonka lähellä kasvaa pihlaja. Kyllä minä tuolla punaisessa talossakin asun, koska käyn serkuillani ja hekin asuvat meillä. Tiedätkö, että serkuillani on kissa, joka köllii mielellään auringossa talon rappusilla. Se on iso ja harmaa. Eikö täti muista, minä olen Madigaa tuolta valkoisesta talosta, näytin sinulle äsken karitsaani." Tyttönen ihmettelee.

" Niinpä oletkin, en vain heti huomannut. Aurinko loistaa niin kirkkaasti, etten heti tunnistanut sinua. Miksi sinä istuskelet siinä keskellä tietä, jos olet serkuillesi menossa." Mavria vastaa.

Tyttönen kaivaa molemmat kätensä hiekkaan, antaen sen valua sormiensa välistä takaisin maahan, osan lentäessä tuulen mukana pellolle päin.

” Tiedätkös täti, tässä alatien ristillä on pehmeää hiekkaa. Se on paljon pehmeämpää kuin hiekkalaatikossa, kun upotan kädet siihen, niin se on lämmintä. Kuuntelen tässä lintuja ja haaveilen osaavani lentää, kerran koetinkin sateenvarjolla." Pikkuinen osoittaa ahotiellä kasvavaa kukassa olevaa suurta ja vanhaa tuomea, jonka kukkien voimakasta tuoksua tuuli soutaa ilmaan.

” Tuota suurta puuta minä rakastan tuossa ladon nurkalla. Siihen minä kiipesin ja sen alaosan mutka on leikisti minun pesäni. Otin äidin sateenvarjon sinne mukanani. Nousin seisomaan leikkipaikassani ja nostin sateenvarjon niin korkealle kuin käteni ylsivät. Katsoin pilvenhattaraa yläpuolellani ja ajattelin lentää sinne istumaan, se näytti pehmeälle kuin pumpuli. Hyppäsin ja tiedätkös täti, putosinkin maahan. Ei minuun sattunut paljon, mutta minua itketti ja suretti, kun en voinutkaan olla lintu, olinkin vaan ihan tavallinen lapsi, jonka pitää aina vaan kävellä, vaikka matka olisikin pitkään. Olisin niin halunnut olla lintu.

Puun juurelta menee oikopolku valkoiseen kotiini mutta kuljen aina kesäisin tätä tietä pitkin, koska haluan leikkiä tässä alatien ristillä pehmeällä hiekalla.” Madigaa selittää välillä huokaillen kaihoisasti.

Madigaan silmissä on syvä katse hänen puhuessaan hiekasta. Sen täytyy olla hänelle jollakin tavalla aivan erityisen tärkeää. Mavria hymyilee, vilkuttaa tyttöselle ja sanoo.

” Hei sitten pieni ystäväni Madigaan, emme ehkä enää koskaan tapaa, mutta lupaan muistaa alatienristin ja pehmeän hiekan."

Mavria painaa kantapäänsä Haimin kylkiin matkan jatkamisen merkiksi. He lähtevät kesäiltapäivän verkkaisuudessa nousemaan pientä puiden reunustamaa mäenkumparetta ja saapuvat ylätien ristille. Siitä näkyy menevän tie tyttösen serkkujen punaiselle talolle.

Päätietä reunustaa molemmin puolin sekametsä. Vähän matkan päässä näkyi neljä, hieman Madigaan isompaa lasta tienvierustaa kävelemässä toisella kädellään piennarta tukien ja kurkkien ojan reunustaa. Jälleen Mavria pysäyttää ratsunsa eikä malta olla kysymättä.

" Miksi te lapsukaiset siellä ojassa kuljette kumaraisina, tukien itseään

e ojanpientareesta."

" Hyssh, hiljaa, ei saa häiritä, me etsimme uunilinnun pesää, jonka joku oli täällä nähnyt."

Ensimmäisenä kulkeva lapsi sanoo, nostaen samalla oikean kätensä suoraan vaakatasoon sivulle pysähtymisen merkiksi. Hän laittaa toisen etusormen huulilleen hiljaisuuden merkiksi, oikaisten kätensä ja viittoen muita lähemmäksi itseään. Toiset lähestyvät hitaasti, varoen päästämästä ääntäkään.

" 1,2 ja 3." Sanoo pesän löytänyt lapsi, muiden vetäessä keuhkonsa täyteen ilmaa, kurkistaen vuorotellen pieneen koloon ojan pientareessa.

He eivät uskalla hengittää koska vanhemmat ovat kertoneet linnun hylkäävän poikasensa haistaessaan ihmisen. Kukaan heistä ei tahdo pienten poikasten jäävän pesättömiksi. Hiivittyään hetken päästä kauemmaksi, he ihastelevat luolamaista höyhenen vuorattua pientä pesää. " Uunilintu varmaankin rakastaa paljon poikasiaan, koska tekee noin pehmoisen pesän. Onneksi käki on niin suuri, ettei mahdu uunilinnun pesään. Sehän on ilkeä ja laiskuuttaan ei viitsi tehdä omaa pesää, vaan munii pikkulintujen pesiin omat munansa. Pikkulinnun poikaset kuolevat, koska käen poikanen vie kaiken tilan ja ruoan pesästä. Minä en välitä käestä, minä tykkään pikkulinnunuista." tuumi pesän löytänyt lapsonen ja muut myötäilevät.

" Kuka ensimmäisenä isolla kivellä?" Huutaa joku lapsista ja kaikki lähtevät juoksemaan paljain varpain hiekkatietä välittämättä pikkukivistä, jotka välillä satuttavat jalkapohjia.

Mavriaa hymyilyttää lasten nopeat reaktiot, toinen hetki vaihtuu toiseen silmänräpäyksessä. Hän antaa Haimin hölkytellä hitaasti lasten perässä ja seurailee heidän touhujaan ison kiven luona. Kiven ympäri, noin metrin korkeudella maasta, kiertää kapea halkeama, joka on juuri ja juuri niin leveä, että lasten pienet varpaat mahtuvat sinne.

" Kuka pääsee maahan putoamatta kiven ympäri, saa olla kuningas," Ruskeatukkainen poika huutaa. Lapset kiertävät vuorotellen kiveä, asettaen varpaat huolella kapeaan halkeamaan, nojaten ruskettuneet kehonsa kiveä vasten. Kätensä he levittävät vasemmalle ja oikealle sivulleen vaakatasossa, niin leveälle kuin ne vain ylettyvät, turvaten näin pysymisen kiven pinnassa.

Kilpailu on tasaväkinen, joku heistä kuitenkin voittaa sen. Yksi tyttönen ei kuitenkaan malta mennä kivelle vaan kyykkii sen ympärillä ruohoa ja hiekkaa kaivaen ja tutkien.

" Miksi et ole kivellä muiden kanssa. " Mavriaa enemmänkin ajattelee ääneen kuin kysyy.

Tyttönen vastaa malttamatta tuskin nostaa katsettaan.

" Minulta tippui tänne siskoni ostamasta suklaamunasta saamani sormuksen oranssinen kivi ja haluan löytää sen. Sormus ei ole ollenkaan kaunis ilman sitä, ja pääsiäinen on vasta melkein vuoden päästä. Enkä saa uutta suklaamunaa ennen sitä."

Tyttönen vaikutti surulliselta, mutta päättäväiseltä.

" Oletko etsinyt sitä kauankin." Mavriaa tiedustelee.

" No, ehkä kaksi viikkoa, mutta haluaisin löytää, kun kivi oli niin kaunis. Jos se on lumen mukana sulanut ja mene nyt metsän kautta Härkösen mäkeen, en varmaan enää löydä sitä." Tyttönen harmittelee.

" Tule nyt jo, etsi sitten taas seuraavalla kerralla sitä kiveä. Nyt meidän on mentävä syömään, kello on jo paljon yli ruoka ajan." Toiset hoputtavat tyttöstä.

Tyttönen nousee apeana ylös ja on aivan varma, että pian kivi olisi löytynyt, jos hän olisi vielä ihan vähän aikaa etsinyt.

"Kuule, sinäpä oletkin sinnikäs tyttö ja annat arvoa saamillesi lahjoille. Sisaresi olisi varmaan tyytyväinen, jos tietäisi kuinka ahkerasti etsit häneltä saamaasi sormuksen kiveä. Toivottavasti vielä löydät sen jonakin päivänä." Mavria kehuu tyttöstä ottaen ohjakset vasempaan kätensä, vilkuttaen ja huikaten lapsille jäähyväiset.

" Hei sitten lapset, kasvakaa terveiksi aikuisiksi ja pitäkää toisistanne huolta." Hän huutaa vilkuttaen tietämättä kuulivatko he enää hänen sanojansa, vai olivatko jo muissa ajatuksissa.

Lapset kiiruhtavat jo matkan päässä, juosten paljain varpujen välillä pomppien yhdellä jalalla terävien kivien kirpaistessa jalkapohjaan viiltävästi. Tuskin he edes kuulivat heille lausuttuna lopputervehdystä lapsen kiireessään. Heidän mielensä oli jo muualla, uusissa seikkailuissa, jotka kenties kohtasivat jo kotimatkalla.

V LUKU

Hyvästeltyään lapset Mavriaa ohjastaa Haimin tien sivuun, kuunnellen tuulettomassa alkuiltapäivään lämmössä taivaansinen korkeuteen nousevan kiurun liverrystä. Hän hyppää maahan satulasta, sitaisten ohimennen hevosen ohjakset tien laidassa olevan maitolaiturin seinässä olevaan koukkuun.

Mavria kiipeää rappuja pitkin, metrin korkeudella tukipilareiden varassa lepäävän kymmenen neliön kokoisen, puoliavoimen laiturin sisään. Rakennuksesta puuttuu etuseinä ja sen kolmea seinää kiertää kapea penkki, joka on tarkoitettu lepopaikaksi ohikulkijoille.

Tänne tuotiin ennen maataloista aikaisin aamulla lehmistä saatu lypsytuore maito, suurissa kymmenien litrojen painoisissa, kaksin käsisijoin varustetuissa metallitonkissa. Maitoauto - joka oli lavallinen kuorma auto- poimi tonkat päivittäisellä kierroksellaan meijeriin toimitettavaksi.

Mavria muistaa omien vanhempiensa vieneen laaksossa maitotonkat hevosrattaiden ja myöhemmin traktorin peräkärryssä samankaltaiselle laiturille.

Mavria istahtaa laiturin lastausulokkeelle heilutellen jalkojaan vuorotahtiin, käsien puristaessa laiturin reunaa. Hän kuuntelee silmät ummistettuna luonnon hiljaista huminaa. Pään levätessä alas painautuneena hän aistii tiedostamattaan kesän lempeän tuulen ja siinä leijailevat tunnelmat.

Nostaen päänsä rentoutuneena hän antaa silmiensä levätä maiseman ajattomassa kauneudessa. Laituri sijaitsee korkealla harjulla ja kylä näkyy kokonaisuudessaan täältä katsottuna. Taivaan sinisyydessä leijailevat pilvenhattarat, joiden muodot muuttavat muotoaan matkatessaan kaaren toisesta laidasta toista laitaa kohden. Kaukana siintää järven selkä, jonka kauneus heijastuu taivaan rantaan. Talot, metsät, koko luonto kaikkinensa sulautuvat maisemaan, antaen sille iättömän ja levollisen tunnelman.

” Katsohan Haim,” hän ajattelee ääneen ja kohottaen oikean kätensä suorana sivulleen vieden sen kämmen maata kohden vaakatasossa toiselle puolelleen,

” Tuolla on meidän laaksomme. Kylän rajoittavasta ahdistuksesta ei näy jälkeäkään, johtuneekohan kenties siitä, etteivät sen yksityiskohdat erotu horisontissa. Kylläpä se onkin kaunis täältä kaukaa katsottuna, siellä näkyvät talot ja järvet täydellisinä ja virheettöminä. Kuinka se voikaan olla noin kaunis.” Mavria vilkaisee hymyillen oikean olkansa yli kumppaniinsa, joka hirnahtaen nyökyttelee päätään. he ovat molemmat väsyneitä viime päivien lukuisista tapahtumista ja useista kohtaamisista.

Haim vaistoa jo kuitenkin eläimen herkkyydellään Mavriaan olevan lähellä kohtaamiskohtausta. Hän tuntee itsensä jälleen riittämättömäksi. Punniten omat puutteensa enemmänkin vaistoillaan kuin tiedostaen.

Mavria nielaisee, jälleen tuo kuristava ” palan” tunne kurkussa ja huomaamattaan hänen jalkansa jännittyvät. Ne eivät enää heilu rentoutuneena, vaan jännittyneenä ne vauhdin lisääntyessä potkivat ilmaa tiukoin iskuin.

Hän ponnahtaa seisomaan, venytellen käsiään vuorotellen ylöspäin kuin rauhoittuakseen, vaikka ne onkin tarkoitettu iskuiksi häiritseviä itsetuhoisia ajatuksia vastaan. Ahdistus lähenee outona sisäisenä pelkona, nostaen kehoa värisyttävät itseinhon aallot pintaan. Hän kuulee hevosen kolistelevan levottomana ohjaksiaan, laiturin seinässä olevassa koukussa.

” Hiljaa siellä, älä hajota tätä vanhaa laituria,” hän kivahtaa hypähtäen maahan ja jääden tuijottamaan hevosta jatkaen sen sättimistä.

" Sinä kurja otus, jos sinussa olisi hevosta hiukankin enemmän olisimme jo kaukana. Sinun irvokkaat pelkosi vaikeakulkuisessa maastossa ovat hidastaneet taivallustamme. Minun on pitänyt sinua rauhoitella ja suostutella. Monta kertaa olemme joutuneet lepäämään liian kauan, kun et ole jaksanut kulkea. Mavriaa vie vihaa säkenöivin silmin kätensä hitaasti hevosen harjaan kiinni, käärii paksun tukun nyrkkiinsä ja kiskaisee siitä. Paniikissa hän on eksynyt vihaan, jonka pimeyden kammiossa ei ole ovea.

Haimiin sattuu, siitä tuntuu kuin koko harjas leikkautuisi irti sen ihosta. Se seisoo urheasti kivun noustessa kosteuttaen sen väsyneet silmät, joihin nousee hetkeksi viha. Korskahtaen, se päätään kumartaen, koko valtaisan painonsa etujaloilleen siirtäen, se varoittaa emäntäänsä, joka ahdistuksessaan on kuitenkin kuuro kaikille äänille. Hirnahtaen hevonen kerää kaiken voimansa, potkaisten etujaloillaan itsensä korkealle ilmaan.

Mavria herää todellisuuteen, hevosen ponnistautuessa irti hänen kiristävästä ja piinaavasta otteestaan. Hän kohottaa nopeasti päänsä ja hypähtää sivulle. Hän näkee yläpuolellaan ilmaa harovat voimakkaat kaviot, jotka hetken päästä iskeytyvät maahan lennättäen ilmaan pölyisen hiekkapilven.

Ajatukset myllertäen Mavria hypähtää sivummalle pelästyen tapahtunutta, ymmärtämättä sen enempää hevosen kuin itsensäkään käyttäytymistä.

"Voi Haimini," hän kuiskaa maanitellen lähestyessään hevosta, joka antaa emäntänsä laittaa kätensä turpansa molemmin puolin ja painaa otsansa sen otsaan. Hänen huomaamatta kyyneleet valuvat pitkin kasvoja, hänen silitellessään Haimin silkkistä karvaa.

" Sinä hyvä ja luja ystäväni, mitä olenkaan tehnyt."

Tuntuu kun aika ja paikka olisi kadonneet ympäriltä, vaikka tämä kaikki kesti vain hetken.

Mavria on surullinen hallitsemattoman ahdistuksensa vuoksi. Hän ei ymmärrä mikä laukaisee tämän tapahtumasarjan ja mistä nämä ahdistukset tulevat, pyyhkäisten hänen ylitseen kaaoksena, jota ei hallitse.

Hän irrottaa hevosen ohjakset koukusta, samalla riisuen satulan ja kuolaimet. Hän jättää Haimin seisomaan vapaana, kuin antaen sille luvan hylätä kelvottoman ja julman emäntänsä.

Hän kääntyy, kuin voimansa hukanneena viereisen niityn laitaan, istahtaen vihreälle raikkaalle ruoholle pajupensaikon suojaan ojanpientareen reunaan. Hän kiertää käsivartensa koukistettujen polviensa ympärille keinutellen itseään edestakaisin, hyräillen matkalaulua.

Niityn yläpuolella kaartelee töyhtöhyyppä, joka sukeltaa äkkiarvaamatta korkean kullan väriseen viljapeltoon.

"Sinullakin on pesä lintuseni, jossa yrität suojella poikasiasi. Lennä hyvin, suojaa hyvin pesäsi, ettei hiirihaukka huomaa ja vie rakkaitasi."

Mavriaa lähettää sille ajatuksensa. Päätään kallistaen hän yrittää kuunnella missä päin peltoa poikaset innokkaina odottavat emon tuoman ruokapalan saamista nälkäiseen nokkaansa.

Haim seuraa tilannetta hamuillen tuoretta ruohoa maasta lähestyen samalla koko ajan emäntäänsä. Mavria kuulee hevosen liikkuvan ja väsyneenä huokaisten käyvän lepäämään.

Päivä alkaa laskeutua jo illaksi ja Mavria kaivaa repustaan jotakin syömistä ja juo lähdevettä, jonka on aamulla ammentanut Gan-järven lähteestä.

Ankaran kohtaamiskohtauksen jäljiltä ruoka ja vesi maistuvat. Ne virkistävät mielen ja hän muistaa yhtäkkiä matkan perimmäisen tarkoituksen. Hän unohtaa äskeisen kauhun ja ahdistuksen, kohdistaen mielensä edessä olevaan päämäärään. Kaikki mitä Gan - järvestä kerrotaan, on kaunista eikä kukaan perille päässeistä ole tahtonut palata takaisin.

Käydessään levolle hevosen lämpimän kyljen viereen, Mavria huomaa kivellä olevan satulan laukussa Matkarasian ja ottaa sen kätensä. Äskeinen kohtaus on uuvuttanut hänet ja rasian avaaminen tuntuu ylivoimaiselta tehtävältä, "palan" tunne ei katoa hänen sisältään.

Haim korskahtelee ja ravistelee päätään yrittäen saada Mavriaan pois ahdistuksesta, tämän ollessa kuitenkin kuuro ja sokea kaikille itsensä ulkopuolella tapahtuvalle.

Matkalaisten vieressä oleva kukkalehto yrittää tuulessa huojuen näyttää koko kirjavan ja tuoksuvan kauneutensa, jääden kuitenkin vaille huomiota, samoin kuin linnut, jotka visertävät ja viheltävät kesäillan lähestymistä.

Nyt on jälleen se hetki päivästä, jolloin ei enää ole päivä muttei vielä iltakaan. Tämä on ahdistuksen hetki siinä välissä, kuin pelottava kuilu, joka on päivittäin ylitettävä, päästäkseen turvaan illan lempeään syliin.

Mavria nousee istumaan asettaen rasian polviensa päälle. Hän pitää sitä kiinni vasemmalla kädellään, oikean käden sormet koukistettuna tiukasti rasian värikkään kirjavan kannen ympärille. Hän kohottaa varovasti ensin kannen vasenta reunaa nostaen hitaasti sen viimein kokonaan irti. Hän asettaa sen maahan jalkojensa juureen oikealle puolelle. Silmät koko ajan kiinnitettynä rasian sisältöön, hänen oikea kätensä nousee varovasti poimien rasian pohjalta taivaansinisen silkkinauhan. Tutkiessaan sitä, hän huomaa kultaisella värillä kirjoitetun tekstin.

Teksti on Suuren Elämän kirjan, kaikkien kirjojen alkulähteestä, yksi lauletuimmista matkalauluista täällä Gan-järven metsässä.

Tätä laulua matkalaiset laulavat ollessaan väsyneitä taivaltamaan epäuskoisina omine heikkouksineen, jolloin kaipaa turvaa ja lohdutusta. Tämä on Hengen kirjoittama ja sanoittama kauan sitten ajassa, jolloin ihmisiä valmisteltiin näihin vaikeisiin etsimisen hetkiin.

Tien etsiminen kuluttaa voimia sillä oman sisimmän löytäminen vaatii keskittymistä, joka löytyy vain hiljaisuudessa. Erään runoilijan sanoin," ajatukset ovat hiljaisuuden lapsia," sillä ajattelu vaatii hiljaisuutta, lepoa, rauhaa ja turvaa. Täällä Gan - järven rauhaisassa metsässä se on mahdollista löytää.

Matkalaulu Kaikkien maailman kirjojen kirjan alkulähteestä

Turva ja luottamus

Katso taivaan lintuja: eivät ne

kylvä eivätkä leikkaa eivätkä kokoa aittoihin,

Ja sinun taivaallinen isäsi ruokkii ne.

Etkö ole paljoa suurempiarvoinen kuin ne?

Ja voitko murehtimisellasi

lisätä elämääsi kyynäränkään vertaa.

Riittää kullekin päivälle oma vaivansa.

Etsi ensin jumalan valtakuntaa,

Niin kaikki muukin sinulle annetaan.

Ano niin sinulle annetaan,

Etsi niin löydät;

Kolkuta niin sinulle avataan

Vai oletko ihminen,

joka antaa lapsellensa kiven,

kun tämä pyytää leipää.

Jos te siis, jotka olette pahoja,

osaatte antaa lapsillenne hyviä lahjoja,

Kuinka paljoa ennemmin teidän Isänne,

joka on taivaassa, antaa sitä,

mikä hyvää on, niille, jotka sitä häneltä anovat!

Rauhassa sinä käyt levolle

Sillä sinun varjelijasi ei torku eikä nuku.

Mavria käänteli pientä silkkinauhaa käsissään ja luki tekstin moneen kertaan. Ihmeissään hän laittaa nauhan kultamaalatun rasian pohjalle. Teksti ei ollutkaan enää sama kuin edellisellä kerralla, sen sisältö oli täysin vaihtunut.

Oliko joku käynyt vaihtamassa sen hänen huomaamattaan vai ovatko nämä yli ihmisjärjen käypiä asioita. Koko ajan silkkistä kangasnauhaa tuijottaen, hän nostaa hitain liikkein kannen ja painaa paikoilleen. Rasian hän nostaa varovasti takaisin kiven päällä lepäävän satulan sivulaukkuun. Hän painautuu takaisin lepäämään hevosen lämmintä kylkeä vasten.

Tuntuu kuin tekstistä olisi lähtenyt jotakin rauhoittavaa hänen sieluunsa. Kohtauksen jälkeinen ahdistus on kadonnut ja ilta on vaihtunut jo yön hiljaiseksi huminaksi. Ojan pientareen pensaat seisovat liikkumattomina, eikä yksikään lintu enää kaiuttanut lauluaan. Tuntui kuin koko maailma olisi pysähtynyt yölliseen lepoon.

Voisipa kaikki ollakin tässä, koko menneisyys, nykyisyys ja tulevaisuus, nukahtaneena tuulettomaan kesäyöhön. Mavrian sisällä on kaipaus jonnekin, hänen itse sitä tajuamatta.

Silmät sulkiessaan odottaessaan siirtymistä unen hiljaiseen lehtoon, hänen mielensä piirtyy kuva Gan - järvestä. Se täyttää hänen mielensä idästä länteen ja pohjoisesta etelään. On kuin järvi olisi hänen sisällään, aivan kuin hän etenisi siinä hetki hetkeltä, mutta kuitenkin sitä kohti.

Hän lepää kaipaus ja ikävä mielessään, aivan kuin ollen ne molemmat, kuitenkin jo järvessä, sen rannalla, vieläpä uimassa siinä. Hän on ja ei ole, niin sulautuneena maailmankaikkeuteen, ettei enää itsekään tiedä olomuotoaan. Hän tuntee jälleen, kuinka aika on kuin liikkumaton suojamuuri, jonka sisällä kaikki muu on katoavaista.

Koko sininen kaukainen avaruus on aikaa, jossa miljardit tähdet soittavat sinfoniaa, jonka sisällä planeettamme pyörii nousten ja laskien taivaankappaleiden tahdissa.

Mavriaa uskaltaa tuskin hengittää kuullessaan mielessään tuon valtavan orkesterin, jota Kaiken Luoja Johtaa. Hän osoittaa tahtipuikollaan ja jossakin tähti kuolee ja toinen syttyy. Pienellä ihmiselläkin on paikkansa tässä valtavassa, kauniissa ajan meressä. Hän lähettää kiitoksensa Vapauttajalleen, Hänelle, joka on esikoisena meistä kaikista lentänyt tuon avaruuden halki kotiin.

Mavria toivoo, ettei hetki katoa, hän haluaa levätä tässä harjulla, josta näkee laaksoon ja avaruuteen. Tuntuu kuin tämä olisi maailmankatto, jolla hän seisoo kurottaen ylemmäs ja ylemmäs, nähdäkseen kaikkeuden alkulähteen. Hän sulkee mielensä ulkomaailmalta ja vaipuu kuin koomaan, jossa nauttii taivaan kaikkeuden orkesterin musiikista.

Ei, ei jostakin läheltä kuuluu jotakin mikä häiritsee tätä konserttia, mutta Mavria päättää olla avaamatta silmiään, keskittyen siniseen hetkeen, jossa hän kelluu avaruuden painottomuudessa.

Hänen suljettujen silmiensä taakse heijastuu näynomainen kuva, jossa hän kävelee tasaisen vihreää ruohomattoa kauniissa ja kirkkaassa kesäpäivässä, nousten ylös loivan mäen huipulle. Mahtava vanha jalava seisoo suurena ja turvallisena suojana linnuille ja kulkijoille korkealla kukkulalla.

Taivas on pilvetön ja kirkas sen sini ulottuu kaukaiseen avaruuteen, jonka rajapinta katoaa horisonttiin. Ikään kuin muuttuen siniseksi osaksi avaruutta. Mavria kuljeskelee vapaana näkynsä niityllä, kääntyillen sivulleen, ihmetellen ympäröivää hiljaisuutta ja kauneutta.

Jostakin kaukaa, taivaan korkeimmalta kohdalta lähenee suureneva piste. Se lähestyy lähestymistään, kunnes Mavria huomaa viimein sen olevan valkoinen kyyhkynen.

Lintu laskeutuu aina vain lähemmäksi ja lähemmäksi hänen päänsä yläpuolella. Sen tullessa lähemmäksi, hän nostaa kätensä koskettaakseen sitä. Juuri kun hän on koskettamaisillaan lintua, se katoaa ja hänet täyttää autuaallinen onnen tunne. On kuin lintu kadotessaan olisi sulautunut häneen, täyttäen hänet rauhalla, jossa avaruus, taivas ja maa ovat yhtä, sulautuneena hänen ympärilleen ja häneen.

Siinä Mavria lepää ruoholla väsyneenä matkalla kuluneet ja nuhjaantuneet vaatteet yllään. Hän varoo avaamasta silmiään, sillä hän ei tahdo nähdä ympärillään olevaa auringon kuivattamaa vihreän ruskeaa niittyä, jonka kukista puolet ovat kuihtuneet ja toinen puoli vielä kauneimmassa loistossaan.

Näyssään hän heittäytyy syvän vihreään ruohoon haistellen niityn tuoksuja, kasvot käännettynä avaraan maisemaan, jossa kaikki on puhtaan raikasta ja kaunista. Se on hänen oma palansa maailmaa, maan ja taivaan välillä, jossakin missä vain hän saa levätä ja olla juuri nyt.

Siihen matkalaiset nukahtavat, kiven vierelle kukkakedon ja pajujen suojaamana tuulettomassa kesäyössä. Siinä paikassa, sillä hetkellä, kohtaavat taivas ja maa. Maailmankaikkeuden horisontin raja on kadonnut, sillä on vain lepo ja yö, hetki iättömän taivaankaaren tähtitaivaan ikkunoiden suojassa.

VI LUKU

Aamuaurinko on noussut jo puoleen väliin keskipäivää Mavrian herätessä. Noustuaan istumaan ja tarkastettuaan reppunsa hän samalla valjastaa satulan Haimille. Heidän on aika lähteä jatkamaan matkaansa. Molemmat ovat väsyneitä taivaltamiseen, mutta he tahtovat kuitenkin jättää tämän korkean harjun.

Väkinäisesti he toimittavat aamuaskareensa, ja syövät hiukan. Mavriaa juo edellisen päiväistä lähdevettä pullostaan. Hevonen puolestaan meni ojan reunalle ja kurottaa kaulaansa, juodakseen ojan pohjalla hiljalleen virtaavaa, hieman sameaa vettä.

Jostakin läheisyydestä he kuulevat ihmisääniä, mutteivät näe ketään pensaiden tuuheiden oksien suojasta. Samalla kuuluu auton jyrinää. Molemmat vilkaisevat vaistomaisesti oikealle sivulleen, josta näkyy Harjulle. Maitolaiturin takaa tulee esiin myymäläauto, jota kyläläiset ovatkin odottaneet laiturin sisäseinustalla kiertävällä penkillä istuskellen.

Auton tullessa he kiipeävät rappuset alas rupatellen niitä näitä. Puheensorinan välistä kuuluu välillä naurua ja hieman lujemmalla äänellä lausuttuja vakuutteluja.

Ukoilla on ruudulliset paidat, pussihousut nahkapidikkeisine leveine henkseleineen ja nahkavartiset saappaat. Pään suojana heillä on lippalakit. Nuoremmat miehet ovat sinisissä verryttelyhousuissa ja valkopuuvillaisissa verkkopaidoissa. Päässään heillä on kesälakkina, jokaisesta kulmasta solmitut suuret ruudulliset nenäliinat.

Joku miehistä sylkäisee roiskauttaen ja sanoo lujalla äänellä.

" Kyllä se on kuulkaas niin, että heinien korjuu on aloitettava ennen sateita. Radion säätiedotuksissa luvattiin epävakaisia säitä parin viikon kuluttua."

Vakuuttaakseen muut, tämä sanoja niistää nenänsä puristaen molemmat sieraimensa oikeaan peukalonsa ja etusormensa väliin, paiskaten tuotoksensa ojan pientareelle, pyyhkäisten kätensä sitten pussihousujensa lahkeeseen.

Emännät astelevat tarmokkaasti arkimekot yllään, niiden suojana heillä on ruudulliset esiliinat. Päähänsä he ovat taitelleet niskaan solmitut huivit. Naiset tietävät, että ei auta viivytellä, päivän aikana on vielä monta askaretta toimitettavana.

Lapset rynnivät autoon ensimmäisinä, ostamaan iskelmätähtipurukuminsa ja jäätelönsä. Vanhemmat antavat heidän mennä, tietäen sen jälkeen autossa olevan rauhallista tehdä ostoksia. Myymäläauton vierailu on kyläläisten yhteinen tapahtuma, jossa vaihdetaan kuulumisia.

Lapset istuskelevat isolla kivellä tehtyään ostoksensa. Eräs heistä yrittää kiertää kiven ympäri, sen kyljessä olevaa halkeamaa pitkin, putoamatta alas maahan. Joku lapsista pitelee sillä välin tasapainoilijan jäätelöä. Kiven ympäri yrittävä pitää kuitenkin tarkkaan silmällä, ettei pitelijä maistele jäätelöstä. Lapset kuulivat heinänkorjuukeskustelun ja tiesivät, että heillekin on siellä tekemistä.

" Joko sinä Rimppu pääset heinäseipään tappeja viemään ja haravoimaan heinänrippeitä tänä kesänä heinän korjuuseen," kyseli ruskeaksi paahtunut poika pienemmältä.

" Joo, isä sanoi, että nyt äiti pärjää jo pikkuisen Kertun kanssa yksinkin tuvalla ja minä saan tulla isojen joukkoon," vastasi pieni ruskeatukkainen poika. Hänellä oli yllään pitkistä harmaista puuvillahousuista leikatut polvihousut, jotka pysyivät ylhäällä vyötärölle nappeihin kiinnitettyjen nahkapidikkeisten, leveiden henkseleiden avulla.

Matkalaiset jäävät vielä toviksi seurailemaan tapahtumia, mutta tuntevat itsensä kuitenkin ulkopuoliseksi. Mavria hyppää hevosen selkään ja antaa lähtömerkin painaen kantojaan hiljaa ratsun kylkiin.

Hän kiihdyttää hevosen nopeaan raviin päästäkseen eteenpäin. He kulkevat tuntikausia pysähtymättä, edeten helteisessä kesäpäivässä. Mavria tuntee väsymyksen entisestään yltyvän, tuskin tajuten ympäristöä, hän vaipuu omiin ajatuksiinsa.

Olikohan se eilen, kun hän luki matkarasiassa olleesta silkkinauhasta Vapauttajansa viestin. Varmistaakseen asian hän kumartuu hevosen vasemman kyljen puolelle ja kaivaa rasian saman puoleisella kädellä satulalaukusta, oikean pidellessä ohjaksista kiinni. Hän oikaisee itsensä takaisin tuntien lihastensa olevan hellinä pitkästä ratsastuksesta. Nopeasti hän sipaisee ohjakset löysästi satulan nuppiin, antaen hevosen kuljettaa heitä omaan tahtiinsa. Hän pitelee rasiaa käsissään ja raottaa kantta molemmilla peukaloilla nostaen.

Jännittyneenä hänen vasen kätensä puristaa purkkia, oikean käden nostaessa kantta. Tämä kaikki tuntuu hänestä salaperäiseltä. Varovaisesti hän kurkistaa rasian sisälle ja huomaa sen olevan tyhjän. Miten se voi olla mahdollista, oliko joku yön aikana vienyt silkkinauhan vai oliko kaikki ollutkin vain unta. Näinkö silkkinauha oli haihtunut myös edellisellä kerralla rasiasta, kuinka jokin olevainen voi kadota noin vain.

Yksin matkatessaan Mavria on huomannut monesti unen ja todellisuuden sekoittuvan päivien peräkkäiseen ketjuun. Hänen on vaikea muistaa aikaa ennen matkalle lähtöä, siksi se olikin muuttunut hänelle ajaksi, jonka sisällä kaikki tapahtui.

Hän ei muistanut viikonpäiviä eikä kuukausia, sillä metsässä päätiellä vuodenajat eivät vaihdelleet vaan ainoastaan, jos poikkesi sivuteille, saattoivat vuodenajat yllättää. Siksi olikin tärkeää säilyttää suunta päätiellä, mikä on tällä hetkellä hänelle hyvin vaikeaa, koska hän on väsynyt.

Mavria kampeaa itsensä vasemmalle juuri sen verran, että ylettyy tiputtamaan rasian takaisin satulalaukkuun. Olivatkohan ajat sekoittuneet hänen mielessään ja olikohan rasian silkkinauhaan kirjoitettu viesti totta vai sittenkin vain unta.

Päivän kuumuus saa molemmat matkaajat kärttyisäksi. Mavria nykäisee ohjaksista pysähtymisen merkiksi, Haim tottelee ohjetta kuuliaisesti ja pysähtyy. Mavria valuttautuu alas satulasta. Hän on päättänyt etsiä uuden lähteen, josta on hyvä ammentaa tuoretta vettä juomapulloon. Etsiessään lähdettä hän voi samalla vilkaista, josko metsästä löytyy hunajamarjoja syötäväksi. Hänen pari päivää sitten keräämänsä marjat alkavat olla jo loppu. Hänen kehonsa kaipaa nyt todella paljon hyvää syötävää, että jaksaa taas jatkaa taivallusta. Hunajamarjat ovat herkullisia ja kehoa voimaannuttavia.

Hän jättää Haimin syömään ruohoa, varjoisaan puiden suojaamaan poukamaan, lähtiessään itse kävelemään lehtipuun metsän tuoksuvaa aluskasvillisuutta silmäillen. Hän uskoo löytävänsä lähteen aivan jostakin läheltä ja kävelee kuunnellen lintujen laulua ja hyönteisten pörinää. Välillä hän pysähtyy maistelemaan metsässä kasvavia monenlaisia kypsän ja herkullisen näköisiä marjoja. Samalla hän katselee, josko sieltä löytyisi hunajamarjoja, niitä hän eritoten kaipailee ja haluaa nauttia niiden herkullisesta mausta.

Syvemmälle metsään mennessään hän haistaa sen raikkaan kosteuden ja terävöittää katseensa, arvaten lähteen olevan lähellä. Siinä se olikin suuren kiven takana olevan kannon vierellä, eriväristen metsäkukkien ja moninaisten marjojen suojaamana. Mavriasta tuntuu kuin hän olisi löytänyt suuren aarteen. Hän ojentaa kätensä, puhdistaen vedenpinnasta sinne tippuneet havun neulaset ja tuulen sinne mukanaan puhaltamat roskat. Lähde näyttää tummalle ja sen vesi maistuu raikkaalle. Hän laittaa molemmat kätensä yhteen, tekee niistä kupin kauhaisten sen täyteen vettä, Hän nostaa kätensä ja huuhtelee kasvonsa raikkaalla virkistävällä vedellä.

Tähän olisi helppo nukahtaa ja antaa väsymyksen viedä. Vielä ei ole kuitenkaan levon aika päivästä. Auringon mukaan nyt on lähestymässä hetki päivän ja illan välissä. Väsyneenä hän nousee tuntien vielä veden virvoittavan raikkauden ihollaan.

Palatessaan takaisin hän syö vatsansa täyteen metsän tuoksuvia marjoja. Tämän metsän marjat ovat paljon moninaisemmat ja runsaammat, kuin laakson marjat, joita oli vain paria eri lajia. Mavria yllättyy joka päivä metsäretkillään etsiessään lähdettä, kuinka siellä on kymmeniä erilaisia marjalajeja. Ihmeellisimpiä hänen mielestään ovat hunajamarjat, joita hän syö päivittäin.

Mavria saapuu takaisin lähtöpaikkaan, nauttien metsän vilpoisuudesta, puiden havinasta ja niiden antamasta suojasta. Haim näkyy olevan läheisen ojan pientareella juomassa. Kuullessaan kutsumerkin se nostaa päätään nyökytellen. Tyytyväisenä hirnahdellen se palaa emäntänsä luo, risujen katkeillessa rasahdellen sen kavioiden alla.” No niin ratsuseni, jatketaanpa matkaa,” Mavria sanoo taputtaen hevosen kylkeä kiivetessään satulaan.

Tie kulkee eteenpäin melko yksitoikkoisena ja unettavana. Matkalaiset alkavat etsiä katseellaan sopivaa lepopaikkaa seuraavaksi yöksi, sillä kuilu päivän ja illan välillä lähenee. Pian on hypättävä päivästä iltaan.

Vielä olisi jatkettava jonkin matkaa, Mavria ajattelee, sitaistessaan ohjakset satulanupin ympärille. Hän painautuu hevosen selkään makuulle, antaen käsiensä roikkua sen kyljillä. Hän näkee puoliunessa maiseman ja horisontin hevosen kulkiessa eteenpäin.

Maisema on muuttunut kauniiksi ja he kulkevat kesäisellä niityllä, joka viettää alaspäin. Kaukana mäen alapuolella niittyä reunustaa tiheä pensaikko, mikä yleensä tarkoittaa sitä, että siellä on vettä, koska kasvillisuus on rehevän vihreää. Mavriaa yrittää pitää puoliväkisin ummistuvia silmiään auki ja olla ajattelematta kivistää selkäänsä hyräillen matkalaulua.

” On koti mulla, kun käyn yli vuorten...”

Sen pidemmälle hän ei pääse, sillä uni ottaa hänet valtaansa. Mavria nuokkuu ratsun selässä velttona, käsien roikkuessa hevosen kyljillä. Hän vaipuu uneen, jossa väsyneenä näkee unta, ettei pysty avaamaan silmiään.

Tietämättään he ovat saapuneet Kauhujen järvelle, jonka pinta jäätyy ja sulaa arvaamattomasti, riippumatta siitä onko kesä vai talvi. Järvi on syvä ja sen pohjavirtaukset syvimmässä syvyydessä saavat aikaan tämän luonnottoman, luonnon kiertokulusta piittaamattoman jäätymis- ja sulamisreaktion.

Haim on tästä kaikesta tietämätön ja kulkee kohti jään peittämää järven selkää. Se kulkee kauas rannasta ja hämmennyksissään ei heti osaa kääntyä takaisin, vaan jatkaa kohti syvempää vaaraa. Väsymyksen uuvuttamana hevonen ei huomaa jäässä olevaa halkeamaa ajoissa, vaan joutuu jarruttamaan äkkipysäytyksellä, etujalat liukkaaseen jäänpintaan lyöden.

Mavria herää unestaan tuntiessaan irtoavansa, kuin reväistynä irti satulasta. Hän sinkoutuu ilmaan ymmärtämättä tapahtunutta. Unen raskaiden puoliavoimien luomien raosta näkyvä hajanainen näkökenttä ei kerro, onko tämä vielä unta vai todellisuutta.

Tuntien viimeisen hetkensä koittaneen, hän ei tiedä, onko kenties matkalla ikuisuuden mustaan kuiluun, josta ei ole paluuta. Kauhun jähmettämänä hän yrittää huutaa, mutta ääntäkään ei kuulu hänen vääristyneiden kasvojensa avoimena ammottavasta suustaan.

Aika tuntuu iäisyydeltä, ennen kuin kuuluu molskahdus ja Mavriaa kelluu mustassa vedessä haukkoen henkeään kuin kuoleman hädässä, pärskien vettä ympärillään. Hän kauhoo vettä, käsillään ja jaloillaan polkien, kuin yrittäen juosten pakoon, pääsemättä eteenpäin.

Voimien pikkuhiljaa ehtyessä hän alkaa hyväksyä kuoleman lopullisen läsnäolon, tässä oudon kaikuvassa hämäryydessä. Rauhoittuminen vie häneltä kauan. Silmien viimein hahmottaessa ympäristön, hän tuijottaa tyrmistyneenä ympärilleen. Uskomatta silmiään hän nostaa oikean kätensä vedestä koskettaen sormenpäillään luomiaan ja pyyhkäisten samalla hiukset pois silmiltään, varmistaen näin olevansa hereillä.

Hän huomaa olevansa jäälle rakennetun iglun sisällä, sen keskiosan korkeimman kohdan alla, josta pienen savupiipun raosta näkyy pala kirkasta taivasta. Iglun pohja on suuri avanto, jossa hän kauhistuksen pikkuhiljaa tasaantuessa, takoo vielä jalkojaan ja käsiään pysyäkseen pinnalla.

Ja jonkin aikaa ympäristöä tutkittuaan ja rauhoituttuaan, hän tekee ihmeellisen havainnon. Järvi on jäässä joka puolelta, paitsi puolia avoimen iglun sisältä, jossa vesi on yhtä lämmintä kuin keskikesän kuumimpana päivänä.

Suuren etuaukon edessä seisoo Haim, katsellen vedessä näkemäänsä esitystä. Se hirnuu riemuissaan kuullessaan emäntänsä kutsuvan sitä nimeltä. Mavriaa nauraa ja ui avannon pariin kertaan ympäri. Viimein hän jää onnellisena lepäämään, nauttien veden virvoittavasta, väsynyttä kehoa hoitavasta raikkaasta puhtaudesta.

Hän ei enää välitä tapahtuuko tämä näkyvässä vai näkymättömässä todellisuudessa, vaan ummistaa silmänsä, kuunnellen veden kaiuttamia ääniä iglun sisällä. Hän haluaisi nukahtaa tähän ja jäädä tähän ikuisesti lepäämään.

Hän kuulee kuitenkin, kuinka hevonen liikkuu levottomana hirnuen avannon reunalla. Hitaasti hän avaa silmänsä tuijottaen eläintä. Haim katsoo lujan käskevästi emäntäänsä, joka vastahakoisesti lähtee uimaan jään reunaa kohti, katse koko ajan kiinnitettynä hevosen lujiin mutta väsyneisiin silmiin.

Haim kallistaa päätään, ravistaen ohjakset jäälle uimarin eteen, joka tarttuu niihin kiukuspäissään. Hevonen vetää vettä valuvan Mavrian jäälle, joka päästyään seisomaan alkaa purkaa raivoaan auttajalle.

" Sinä kurja hevonen." Hän kuiskaa raivon vavisuttaessa hänen kehoaan. Hevonen peruuttaa taaksepäin nyökytellen päätään hiljaa pienin liikkein, rauhoittavasti hörähdellen.

" Sinä vihoviimeinen elävistä olennoista, kuinka julkesit heittää minut järveen. Kuka, sano kuka on antanut sinulle oikeuden kohdella minua niin. En ole pyytänyt päästä seuraasi, en ole anellut sinua mukaani, päinvastoin olen pyytänyt sinua jättämän minut! Minä en jaksa, en halua taivaltaa!!!"

Hän syöksyi hevosen kimppuun huutaen ja takoen sen kylkeä, repien samalla sen lujaa ja vahvaa harjasta. Haim seisoo tyynenä tuijottaen lasittavilla silmillään, katse kiinnitettynä tyhjyyteen, tuskaa tuntematta, tietäen kohtauksen olevan pian ohi.

Mavrian voimien hiipuessa ja ahdistuksen, pikkuhiljaa purkautuessa, hän huomaa päivän jo laskeneen lähelle hetkeä, jolloin on hypättävä ahdistuksen kuilusta rauhoittavaan iltaan.

Löydettyään viimein ulos vihastaan Mavriaa vilkaisee hitaasti, ajatukset pysähtyneenä vasemman olkansa yli missä iglu lepäili. Hän tuijottaa paikkaa, missä Iglu äsken oli, niin äsken, sillä nyt siinä ei ollut enää mitään.

Kauhukseen hän huomaa jään reunan alkaneen sulaa, sen reuna oli enää puolen metrin päässä hänestä ja Haimista, joka oli koko ajan viisaasti peruuttanut rantaan päin. Mavrian huutaessa ja raivotessa sille, se oli ollut tietoinen jään sulamisesta ja vienyt heitä turvaan rantaa kohden. Nyt Haim polvistaa etujalkansa jäälle, hirnahtaen emännälleen, joka nopeasti satulaan kiiveten antaa sille lähtömerkin. Hevonen lähtee korskahtaen äänekkäästi liikkeelle, päättäväisen rauhallisesti maata kohden.

Päästyään rantaan Mavriaa nykäisee hevosen vasemmanpuoleisesta ohjaksesta kääntäen heidät katsomaan tietä, josta palasivat kohti rantaa. Hän huomaa jään sulaneen lähes kokonaan. Järvenpinta loistaa tyynenä kesäauringon paisteessa. Hän taputtaa hevosen kaulaa ja silittelee sen harjaa. Taas kerran hän on anteeksipyynnön velkaa, sillä he eivät olisi selviytyneet turvaan ilman Haimin kärsivällisyyttä ja viisautta.

Matkalaiset katselevat vielä jonkin aikaa järven tyynen sinistä, auringossa kimaltelevaa pintaa, ihmetellen sen äkillistä muutosta.

Mavria kohottaa kätensä vetääkseen sen märkien hiustensa läpi. Yllätyksekseen hän huomaakin niiden soljuvan kuivina sormiensa lomista. Hän katsahtaa vaatteisiinsa, siirtäen kätensä korvalliselta vartalolleen. Hän tuntee myös vaatteiden olevan auringon pehmeät ja kuivat.

Siinä hän istuu ratsunsa selässä hämillään, ajatukset harhaillen sekavina oudon seikkailun uuvuttamana, pohtien onko hereillä vai unessa.

Hitaasti, hyvin hitaasti hän ohjastaa Haimin kääntymään, vetäisten oikeanpuoleisesta ohjaksesta. He aloittavat verkkaisen paluun mäkeä ylös, sitä samaista, jota pitkin Haim oli äsken kuljettanut kevytlaukalla heitä alas.

Ymmärtämättä tapahtunutta, molemmat kulkijat matkaavat mieli tyhjänä, kuin yrittäen unohtaa kokemuksen. Luonto on aivan hiljainen. Puut seisovat pysähtyneenä tuulettomassa hiljaisuudessa, joka valmistelee heitä turvaisaan iltahetkeen.

Mavria näkee usvan läpi jonkin matkan päässä metsän takana häämöttävän valkoisen tornin, kuin sataman majakan.

Siellä on tienvarsitemppeli väsyneille matkalaisille, kuinka kaukana se on ja kauanko matka sinne kestää, sitä hän ei osaa arvioida. He kaipaavat molemmat sen turvalliseen lämpöön. Kesäinen ilta valaisee, vaikkakin sen valo on jo muuttunut illan hämyisyydeksi. Laskevan auringon himmenevä valo tuudittaa iltaa yön syliin, kesätuulen hiljaa laulaessa luontoa uneen.

Saavuttuaan viimein väsyneenä temppelin pihan kaivolle, he pysähtyvät. Mavria kumartuu satulan nupista kiinni pitäen ja laskeutuu maahan. Hän kyykistyy alas, poimien joitakin hunajamarjoja syöden ne. Hän kurottautuu samalla ottamaan vesipullon satulalaukusta, jonka täyttää kaivon raikkaalla vedellä. Hän nostaa pullon huulilleen, juoden ja nauttien veden kylmän raikkaasta virvoittavasta mausta, sen viilentäessä hänen väsynyttä mieltään ja kehoaan.

Hevoselle hän nostaa kaivosta juotavaa vanhaan puutiinuun alumiinisella ämpärillä. Eläin kumartuu juoden äänekkäästi ryystäen ja korskuen, pitkää häntäänsä huiskien ja silmin nähden nauttien saadessaan janonsa viimein sammutettua, tuoreella ja raikkaalla vedellä.

Askareensa toimitettuaan Mavria kulkee kohti temppeliä, jättäen Haimin rauhassa lepäämään, tietäen sen odottavan kärsivällisesti.

Hän nousee varoen temppelin korkeat rappuset ja avaa valtavan oven rautaisesta kahvasta vetäen. Ovi raottuu hiljalleen, päästäen illan viimeisiä säteitä temppelin korkeaan valkosinikultaisella kirjailtuun saliin.

Mavria astelee punaisen maton peittämään keskikäytävää, jota reunustavat puiset korkeaselkäiset penkkirivit, toivottaen hänet tervetulleeksi.

Kävellessään kohti kirkon etulaivaa, hän huomaa penkkiriveillä satoja matkalaisia, joista osa istuu ja osa nukkuu. Kirkon puhdas harmoninen rauha korostaa matkalaisten väsynyttä olemusta kuluneine vaatteineen.

Kukaan ei kuitenkaan kiinnitä huomiota sen enempää paikkaansa hakevaan Mavriaan kuin muihinkaan ympärillään oleviin. Jokainen on keskittynyt oman hiljaisuutensa ja etsimiseensä. Joillakin penkeillä istuu lapsia vanhempiensa kanssa. Jotkut lapset ovat jopa yksin, mikä on melko harvinaista, sillä näin syvällä metsässä tapaa harvemmin aivan nuoria tai lapsia.

Mavria varoo askeliaan, ettei häiritsisi matkalaisia, jotka nukkuvat penkeillä leväten ja keräten voimia tulevien aikojen varalle.

Hänen katseensa kiertää ympäri valtavaa salia pysähtyen ihailemaan korkeaa, erkkerin muotoista lasimosaiikkialttarin ikkunaa. Puolikaaren muotoisen viininpunaisen alttarin yllä palaa lempeä valo, jonka alapuolella seinää kiertää kaunis köynnöskasvi.

Mavria katsahtaa itselleen sopivaa paikkaa, jonka hän löytääkin kolmannen penkkirivin keskivaiheilta.

Hän pujottelee penkillä istuvien ohi pyydellen anteeksi, häiritessään heidän keskittynyttä hiljentymistään. Vastaukseksi hän saa ystävällisiä hymyjä ja nyökkäyksiä. Jostakin parvelta urut soittavat kaunista melodiaa, aivan hiljaa, musiikin häiritsemättä kenenkään keskittymistä.

Mavria istahtaa penkille asettaen kätensä edessä olevan penkin korkean selkänojaan ja painaa otsansa ristittyjen käsiensä päälle.

Temppelin rauhassa on jotakin pyhää ja kaunista, siellä katoaa ihmisten välinen kilpailu. Matkaajat tietävät, että kaikkivaltiaan silmät tarkkailevat lapsiaan ja häneltä ei voi salata tai peittää omaa todellista minäänsä. Aluksi se on pelottavaa, mutta jonkin ajan kuluttua tuntuu lohduttavalta tietää, että jossakin voi olla omanlaisensa.

Mavria ei kiinnitä sen suurempaa huomiota vieressään istuviin, vaan pää painuneena kuuntelee hiljaisuutta. Ehkäpä Vapauttajan Henki antaisi aarrearkustaan tänään matkalaisille viisauden ja lohdutuksen sanoja, joista kuulijat saisivat voimaa matkalleen.

Joku nousee puhumaan alttarin taakse, tai paremminkin laulamaan. Tuntuu kuin temppeliin olisi astunut iankaikkisuuden kosketus. Edessä alttarilla seisoo kaksi miestä pitämässä kirjakääröä ja kolmas lukee siitä. Heillä kaikilla on hartioillaan liina ja päässä pienet, juuri ja juuri päälaen peittävät lakit.

Lukija laulaa monotonisella äänellä, nyökytellen itseään pienin edestakaisin liikkein. Jokaisen edessä penkkien selkänojalla on kirja, josta voi seurata tekstiä, jota temppelilukija lukee. Mavrian vieressä oleva ystävällinen nainen näyttää, mistä kohtaa kirjaa tekstiä luetaan. Kirjan teksti on outoa pyhää kieltä, mutta viereisellä sivulla sama teksti oli käännetty Mavriankin ymmärtämällä kielellä.

Temppeliin levisi turvallinen ikiaikainen ilmapiiri, vuosituhansien takaisten vanhojen tekstien kaikuessa sen korkeaan holvikaareen.

Temppelissä olevat matkalaiset ovat saapuneet maailman kaikilta eri suunnilta. Tilaisuuden lopuksi yhteinen siunaus lauletaan ääneen, jokainen omalla kielellään. Mavria sulkee silmänsä kuullakseen tuon kauniin melodian ja erottaakseen erilaisia vieraita kieliä. Laulu kuulostaa meren aaltojen pauhulta.

Laulun loputtua matkalaiset laskeutuvat takaisin paikoilleen, jatkaen hiljaisuuteen keskittymistä. Jossakin joku jatkaa laulamista omalla kielellään ja pian temppelin eri suunnilta melodiaan yhtyy muitakin laulajia, soinnuttaen ääniään, säestäen toinen toisiaan. Tuntuu kuin temppeli olisi täynnä pieniä raikkaita vuoristopuroja. Mavria kuuntelee henkeään pidätellen, pää painettuna käsiin, joita hän nojaa kyynärpäillä polviinsa.

Hän ei ollut koskaan kuullut mitään vastaavaa ja aika lakkaa olemasta. Hän nojaa, ties kuinka kauan, käsiinsä ja antaa musiikin tulvia olemukseensa.

Viimein hän tuntee väsyneen olemuksensa kaipaavan lepoa ja ajatteleekin nukkuvansa temppelissä seuraavan yön. Hän päättää kuitenkin välillä käydä katsomassa Haimia. Paikaltaan nousten hän varoo häiritsemästä temppelikansaa, josta osa edelleen istuu ja toiset joko nukkuvat tai muuten lepäävät penkeillä.

Mavria nojaa kulkiessaan edessään olevan penkin selkänojaan, yrittäen poistua mahdollisimman äänettömästi. Ennen kääntymistään ulko-ovelle hän vilkaisee alttariin kuin viestittäen palavansa pian takaisin. Mennessään hän katselee sekalaista ihmisjoukkoa, joka nauttii illan rauhasta temppelissä.

Joissakin osissa metsää näitä temppeleitä vihataan, mikä on hänestä käsittämätöntä. Toisaalta hän kuitenkin ymmärtää, etteivät kaikki Vapauttajan nimeen vannovat ole todellisesti Hänen vapauttamiaan. Ihmisluonteelle on ominaista oman edun tavoittelu hinnalla millä hyvänsä, jopa käyttämällä Vapauttajan nimeä vääriin tarkoituksiin.

Astellessaan pehmeää mattoa pitkin, hänen mieleensä hiipii muisto kaukaisesta laaksosta. Miten surulliseksi hän tunteekaan itsensä kaiken sen muistaessaan, aivan kuin joku olisi laittanut painot hänen jalkoihinsa. Temppelin ulko-ovi näyttää olevan pitkän, loputtoman tunnelin päässä.

Päästyään ulos hän haistaa kesäillan lämpimän kosteuden ja tuntuu kuin hän olisi liikkunut vain huoneesta toiseen, kantaen surua mukanaan. Hänen sydämensä oli hiipinyt " palan" tunne, muistuttaen laakson aikaisesta ahdistuksesta.

Alakuloisena hän astelee hiekkaista temppelitietä, jota eriväriset kesäkukat reunustavat. Hän etsii Haimia katseellaan, kuin hukkuva pelastajaansa. Siellä se onkin, kaivosta eteenpäin olevan suuren tammen alla, syöden rauhallisena seisten ruohoa.

Hevonen kuulee lähestyvät askeleet ja päätään kohottaen se hirnahtaa hiljaa. Se aistii jälleen emäntänsä alakuloisuuden Ja antaa hänen silittää paksua harjaansa.

Mavria suostuttelee eläintä, ja ehkäpä samalla myös itseään. Sattumalta hänen kätensä osui satulalaukussa olevaan matkarasiaan ja hän päättää tarkistaa oliko siellä jotakin vai kuvitteliko hän.

Otettuaan rasian varovasti käteensä, hän rohkaisee mielensä ja avaa kannen. Sen pohjalla on kuitenkin hänen yllätyksekseen taivaansininen silkkinauha.

Hän tarttuu kiinni silkkinauhan molemmista yläkulmasta, kummankin käden etusormella ja peukalolla. Hän ihailee tekstin kauneutta ja silittelee vielä varovasti silkkistä kankaan pintaa. Hän ajattelee, että jos hän vähän koskee nauhaa niin hän voi aistia ja tuntea sen kauneuden. Mavriaa ihmettelee mistä nämä tekstit tulevat. Hän ei huomaa kenenkään liikkuvan ja silti silkkinauhojen tekstit muuttuvat. Hän vie oikean kätensä hitaasti rasiaa kohti kuin peläten, että se katoaa äkkinäisen liikkeen säikyttämänä.

Kankaassa on suloinen kukkaistuoksu, jota Mavriaa ei pysty yhdistämään mihinkään. Hän nostaa silkkinauhan peläten sen katoavan hänen kosketuksestaan. Silkkinauhan teksti oli jälleen kultavärillä kirjoitettu. Mavriaa tarkentaa katsettaan nähdäkseen, joka ainoan sanan.

Nostaessaan silkkinauhan silmiensä eteen, hän istuutuu kaivon kuluneelle puiselle kannelle, asettaen purkin viereensä.

Hän rukoilee, että hänelle annetaan viisautta ymmärtää tekstin niin syvästi, että osaisi hengen silmin katsella sen sisällön ja tuntea mikä rauha ja lepo niistä lähtee hänen koko olemukseensa.

Matkalaulu

Herra on minun paimeneni.

Ei minulta mitään puutu.

Viheriäisille niityille hän vie minut lepäämään;

Virvoittavien vetten tykö hän minut johdattaa.

Hän virvoittaa minun sieluni.

Hän johdattaa minut oikealle tielle nimensä tähden.

Vaikka minä vaeltaisin pimeässä laaksossa,

En minä pelkäisi mitään pahaa, sillä sinä olet minun kanssani,

Sinä suojelet minua kädelläsi,

johdatat paimensauvallasi.

Sinä katat minulle pöydän

vihollisteni silmien eteen.

Sinä voitelet pääni tuoksuvalla öljyllä,

Ja minun maljani on ylitsevuotavainen.

Sinun hyvyytesi ja rakkautesi ympäröi minut

Kaikkina elämäni päivinä,

Ja minä saan asua herran huoneessa

Päivieni loppuun asti.

Luettuaan laulun moneen kertaan, hän ummistaa silmänsä kiittäen vapauttajansa. Matkalaulun lupauksen mukaisesti hän saa tänään nauttia levosta temppelin turvaisassa rauhassa. On aika siirtyä temppeliin muiden matkalaisten joukkoon. Painettuaan nauhan ensin poskeaan vasten, hän asettaa sen sitten hellävaroen rasiaan ja laittaa sen takaisin satulan laukkuun.

” Hyvää yötä Haim,” hän kuiskaa hevoselle, hyväillen ja taputtaen sen kiiltävää kylkeä.

Temppeliin johtava hiekkatie rapisee hänen väsyneiden askeltensa alla. Ovelle päästyään hän vilkaisee vielä kaivon takana olevan suuren tammen suuntaan, jonka alle Haim laskeutuu juuri lepäämään.

Astuessaan sisään valtavasta ovesta, hänestä tuntuu, kuin ihmeellinen lämpö käärisi hänet näkymättömään vaippaansa. Hän hakee katseellaan itselleen lepopaikkaa. Se löytyykin melko takaa, lehterin alapuolella olevalta penkkiriviltä, jolla lepää vain pari muuta matkalaista toisessa päässä.

Hän laittaa laukkunsa penkille tyynyksi ja asettelee takin peitokseen, painautuen viimein kyljelleen kuluneelle vanhalle penkille. Miten elämä tuntuukaan helpolta ja yksinkertaiselta. Hän katselee kattoholvin kultaista tähteä ja ristiä, vanhan ja uuden ajan symbolit, joiden ympärille on kirjoitettu teksti. ”Minä olen tie, totuus ja elämä.”

Siihen väsyneen vaeltajan on helppo nukahtaa, ummistaa silmänsä ja antaa sielun vaeltaa vapaana ilman kahleita.

Unessaan hän lukee Pyhää Kirjaa ja ihmettelee tekstiä ja sen outoa kirjoitusta. Hän on puoliksi hereillä kuullessaan jonkun seisovan ja puhuvan hänen vierellään.

” Mavria Jumala rakastaa sinua!” Hän ponnahtaa säikähtäneenä istumaan huokaisten.

” Minuako, rakastaako Jumala minua?” Hän laskeutuu takaisin penkille huomatessaan hahmon kadonneen. Tuskin kunnolla heräämättä, hän nukahtaa takaisin.

Unessa hän nousee valkoisia korkean pylvään ympärillä olevia kierreportaita lipuen ylöspäin, koskettamatta rappusten astinpintaan. Portaita kiertää umpinainen valkoinen kaide, jota koristaa kultainen puoliympyrän muotoinen yläreuna.

Rappusten yläpäässä soivat viuhkamaisin piipuin varustetut urut.

Hän nousee ylös, huomaamatta kuinka se tapahtuu, ja yllättyneenä istuvansa valkoisella liinalla ja lautasilla katetun juhlapöydän äärellä. Jokaisen lautasen vieressä on pieni kaunis kristallilasi. Hän hengittää ihmeellisen raikasta ilmaa, jossa kaikki on puhdasta ja raikasta. Ihmisten ajatuksetkin tuntuvat puhtailta. Kaikki tuntuu levollisen ja rauhallisen tasapainoiselta. Tässä maailmassa kaikki on kohdallaan.

Suorakaiteen muotoisen pöydän ympärillä istuu tusinan verran tutun oloisia ihmisiä. Hän katselee ympärilleen, vilkaisten taakseen vasemman olkansa yli, huomaten muista sivussa vaatimattoman näköisellä tuolilla istuvan vanhemman naisen. Hänen tummat hiuksensa on koottu löysälle nutturalle niskaan.

He katselevat toisiaan, nainen hymyilee pää oikealle sivulle kallistuneena, lepuuttaen käsiään polviensa päällä.

”Sinä olet Mavria,” nainen välittää ajatuksensa hymyillen.

Mavria on yllättynyt siitä, kuinka luonnolliselta tuntuukaan lukea toisen lähettämät ajatukset. Mietteissään hän tutkii tuon lempeän ja ystävällisen naisen olemusta, tietäen hänen olevan jokin merkittävä edesmennyt sukulainen. Mavrian sisällä läikähtää lämmin tunne, sillä hän vaistoaa tuon naisen pitävän hänestä.

” Varmaankin hän on minun isoäitini, jota en koskaan ehtinyt tavata, ennen hänen siirtymistään tänne.” Mavria ajattelee kuin yrittäen saada vastauksen kysymykseensä. Nainen kuitenkin vain hymyilee arvoituksellisesti ystävällistä hymyään.

Kääntyessään takaisin Mavria katselee muita pöydässä olevia, huomaten kaikkien keskustelevan ajatusten välityksellä.

Vinosti vasemmalla, aivan pöydän kaukaisimmassa kulmauksessa vastakkaisella puolella istuu kaunis nainen, jonka Mavria tunnistaa äskettäin syöpään kuolleeksi tädikseen. Täti oli kylläkin kuollessaan vanha ja sairauden runtelema ei ollenkaan niin kuin tuo pöydän toisella puolella istuva elinvoimainen nuori nainen.

Hänen vieressään istuu selin muihin oleva valkohiuksinen mies, vaihtaen ajatuksia edesmenneen tätini kanssa. Miehen olemuksessa on jotakin hyvin lämmintä ja tuttua, tuntuu kuin hän leikillisen tarkoituksellisesti pysyttelisi tuntemattomana. Yhtäkkiä Mavriata hymyilyttää hänen tunnistettuaan hahmon. Vuosikymmenien takaisen rakkaan ja tutun olemuksen näkeminen sykähdyttää hänen sydäntään.

" Isä, oletko se sinä," hän lähettää ajatuksen miehelle, joka kääntää päänsä katsoen lämpimillä silmillään. Hän lähettää vastausajatuksen vekkulimaisesti hymyillen. " Minähän tässä." Hän sanoo rakkauden hohtaessa hänen katseestaan.

Täällä ei ole mitään pahaa, ei kateutta eikä vihaa, vaan kaikkien katseesta loistaa hyvyys ja rauha. Jonkin ajan kuluttua kaikki kääntyvät, kuin yhteisestä sopimuksesta pöytään päin. He ottavat lautasten vieressä pienet kristalliset kruunut, joita Mavria oli luullut juomalasiseiksi, asettaen ne päähänsä. Siihen uni päättyy ja Mavria nukkuu loppuyön uneksimatta. Vaan, kukapa tietää, ehkäpä se ei ollutkaan unta, vaan osa hänestä lensikin halki avaruuden tervehtimään isäänsä, tätiään ja muita tuntemattomia edesmenneitä sukulaisiaan.

Herätessään alttarin värikkään lasimaalauksin koristellun ikkunan takaa kajastavan auringon valoon, hän ajattelee ihmeellisen kaunista untaan. Hänen mieleensä nousi ajatus, että he voisivat Haimin kanssa viettää täällä pari seuraavaakin päivää. Hän haluaa kuulla muiden matkalaisten kokemuksista ja hiljentyä temppelin suojaamassa rauhassa.

Päivät kuluvat nopeasti temppelin rauhallisessa ja lempeässä ilmapiirissä. Mavria keskustelee muiden matkalaisten kanssa ja he rukoilevat yhdessä toistensa puolesta.

Viimeisenä päivänään ennen lähtöä, levänneenä ja rentoutuneena, hän istahtaa temppelin penkille. Hän alkaa valmistautua ajatuksissaan matkalle, muukalaisen yhtäkkiä puhutellessa häntä.

" Voinko voidella otsasi öljyllä siunaukseksi matkalle ja ojentaa palan leipää ja viiniä ehtoollisjuomaksesi."

Kysyjän silmät ovat täynnä rakkautta ja Mavriaa tietää, että hänen vierellään istuu nyt henkilö, johon voi täysin luottaa.

Muukalainen ojentaa kätensä antaen leivän hänen suuhunsa ja nostaa viinipikarin hänen huulilleen lausuen;

" Vapauttajasi ruumis ja veri, sinun puolestasi annettu," Hymyillen hän vielä jatkaa," näin matkalaulun kaikki osat ovat kohdallasi täytetyt. Ole siunattu matkallasi ja turvaa Vapahtajaan väsymyksen yllättäessä. Myös ensimmäinen matkasi viesti on nyt täytetty. Unessasi näit elämän kruunun, joka sinulle lahjoitetaan, kun saavut kotiin. Viimeöinen uni oli sinulle vahvistukseksi matkalle, joka on jo verottanut voimiasi. Älä anna kenenkään viedä kruunuasi, joka sinua odottaa."

Muukalainen katosi yht'äkkiä, kun oli tullutkin. Mavria istuu ja tuijottaa eteensä. Hän on kokenut niin paljon hyvyyttä, niin paljon rakkautta tietäen, että tämä on kuitenkin vain varjo siitä miten suuri ja kaiken kattava rakkaus todellisuudessa on.

Hän pakkaa tavaransa reppuun, tarkistaa vielä onko kaikki tavarat mukana, ennen kuin nousee hitaasti. Hän katselee vielä viimeisen kerran Temppelin kaunista lasifrescoa ja sen seinällä kiipeilevää kaunista köynnöstä. Hän astelee ovelle päin, nyökäten välillä hyvästit ystävilleen. Heidän kanssaan hän on täällä rukoillut ja keskustellut matkan tapahtumista. Astuessaan ulos temppelin ovesta hän muistaa kuinka hän viikko sitten saapui tänne väsyneenä matkan rasituksista. Nyt on hyvä jälleen lähteä jatkamaan matkaa levänneenä ja henkisiltä voimiltaan virkistyneenä.

Juuri kun temppelin ovi on menemäisillään kiinni, hän tarttuukin rautaisesta kahvasta ja pitää sitä hiukan raollaan. Hän kuuntelee laulun loppuun, irrottaen sen jälkeen otteen oven rautaisesta kahvasta, päästäen sen sulkeutumaan.

Hän kävelee temppelin hiekkaista ja rapisevaa kujannetta, jonka reunustan kukkaistutukset loistavat aina vain kauniimmin ja värikkäämmin. Haim on tullut kujanteen päähän odottamaan häntä tammen alle. Sekin on saanut levätä ja juosta vapaana niityillä toisten hevosten kanssa.

Mavria silittää tuon ystävällisen eläimen harjaa. Hevonen koukistaa etujalkojaan laskeutuen alemmas, päästäen emäntänsä kiipeämään satulaan.

"No niin Haimini, nyt lähdemme viimein. Tämä pysähtyminen on tehnyt meille molemmille hyvää. Lähdetäänpä matkaan."

Vielä viimeinen silmäys temppeliin ja mieleen nousevat jo uudet seikkailut. Näin matkalaiset lähtevät eteenpäin, tietämättä mitä huominen jälleen tuo tullessaan. Kumpikin on iloinen päästessään jatkamaan matkaa eteenpäin ja kiitollinen siitä hengähdystauosta mikä heille annettiin.

Tämä levähdys nosti entistä suuremman kaipuun Gan-järvelle, tuon taivaallisia salaisuuksia hellivän veden läheisyyteen.

VII LUKU

Matkalaiset ovat kulkeneet temppelistä lähdön jälkeen jo hyvän matkaa eteenpäin. Viikon ajan he ovat taivaltaneet hyväkulkuista maastoa metsän kauneuden ympäröimänä. Mavria on laulanut matkalauluja ja heidän sydämensä ovat huolettoman kevyet. Tuntuu kuin kaikki ikävät ajatukset ja pelot olisivat kadonneet temppelistä lähdön jälkeen.

"Hohoi, pysähdytäänpä vaihteeksi," Mavria sanoo hevoselle, vetäen ohjaksilla pysähdysmerkin. Mavria hypähtää maahan, venytellen ja verrytellen matkan aikana kangistuneita jäseniään. Hän ihailee taivaan sinisyyttä koivunoksien vihreyden takana, hymyillen tyytyväisenä.

He jatkavat matkaansa eteenpäin Mavrian taluttaessa hevosta ohjaksista. He kulkevat pitkin vanhaa kärrytietä, jonka molemmilla reunoilla on kärryn pyörien painamat urat. Tien hieman korkeampaa keskiosaa koristaa korkea heinikko kirjavine kukkineen.

Käveltyään jonkin aikaa, Mavriaa huomaa tien vasemmalla puolella puiden takaa pilkottavan vaaleahkon, vihertäväkattoisen talon. Tämä onkin harvinaista, sillä kovin usein eivät ihmisasunnot ole niin eristettynä ja yksin metsikössä. Talo on loivan mäen päällä ja sitä vastapäätä pihan toisella puolella ovat punaiset ulkorakennukset.

" Taidanpa mennä vilkaisemaan vähän lähempää," Hän sanoo taputtaen Haimia kylkeen." Odota tässä, en varmaankaan viivy kauaa poissa."

Hän suuntaa askeleensa taloa kohti ja koputtaa ovelle. Yllättäen hän huomaa kätensä menevän oven läpi. Hämmennyksestä selvittyään hän astelee taloon sisään, kulkien oven ja väliseinän läpi. Hän pysähtyy tullessaan huoneeseen, jossa on äiti ja kolme lasta.

Mavria tervehtii talon väkeä, esitellen itsensä ja kertoen olevansa ohikulkumatkalla. Kukaan huoneessa olijoista ei näytä näkevän tai kuulevan häntä, vaan jatkavat askareitaan häiriintymättä.

Nurkassa on suuri ja pehmeä, korkeaselkäinen nojatuoli. Mavria päättää istahtaa siihen lepuuttamaan väsyneitä jalkojaan. Sieltä hän katselee lattialla istuvia, joitakin lautapelejä pelaavia kolmea lasta, yksi tyttö ja kaksi poikaa.

Mavria ei enää yritä puhua huoneessa olijoille, sillä hän tajuaa, etteivät he näe eikä kuule häntä, sillä he ovat eri todellisuudessa.

" Äiti, tuletko sinäkin pelaamaan," kysyy tyttönen iloisesti.

" Niin, äiti tule sinäkin, niin pelaamaan olisi paljon mukavampaa," pojatkin maarittelevat askareitaan touhuavaa äitiään.

" Kohta lapset aivan kohta, järjestelen ensin vähän paikkoja, niin on mukavampi olla," äiti vastaa hymyillen.

Mavria katselee noita neljää, äitiä ja lapsia, ja hänen sydämeensä tulee hyvän olon tunne. Näkee selvästi, että he rakastavat toisiaan. Tuntuu kuin temppelin pyhyys ulottuisi tänne saakka.

Yhtäkkiä ulkoa kuuluu kolinaa ja ärjyntää. Äiti kiiruhtaa ikkunaan ja aivan ilmiselvästi hätääntyy näkemästään.

" Lapset, vetäkää nopeasti verhot ikkunaan. Minä lukitsen keittiöön vievän oven," äiti hoputtaa lapsia, jotka hätääntyneenä juoksevat toimittamaan äidin antamat tehtävät.

"Äiti, onko siellä pihalla kaksi leijonaa, minusta näytti, että ne penkovat roskapönttöjä," vanhin poika kuiskaa nykäisten äidin hameen helmasta. Hän oli kurkannut salaa ikkunasta.

" Kyllä siellä on, siksi meidän on oltava nyt aivan hiljaa ja rukoiltava Vapauttajaa. Voi voi, kun teidän isänne olisi paikalla. Nyt olisi niin hyvä, jos hän olisi täällä," äiti huokailee.

" Niin äiti, missä isi on? Siitä on jo kauan aikaa, kun hän lähti. Koska isi tulee takaisin, tyttönen supisee tuskin kuuluvalla äänellä."

" Niin äiti milloin isi tulee, minulla on ikävä," pienin lapsista säestää.

" Voi lapset, kunpa tietäisinkin koska isi tulee. No, isi tulee ajallaan. Laittakaa nyt vaan pienet sormenne ristiin ja rukoillaan Taivaan Isää, hän on aina meidän luonamme ja kuulee kun pyydämme hänen apuaan, äiti vakuuttaa lapsille.

Hän vetää kaikki kolme lastaan vierelleen lattialle, kiertäen kätensä heidän ympärilleen.

" Äiti, voiko leijona rikkoa ikkunan," vanhempi pojista kuiskaa tukahtuneella äänellä.

" Ei, ei se ymmärrä sitä tehdä, koska verhot ovat ikkunoiden edessä. Ollaan nyt vaan aivan hiljaa ja rukoillaan," äiti vastaa silitellen kaikkien lasten hiuksia rauhoittavasti.

Ulkoa kuuluu karjuntaa ja verhoja vasten näkyy leijonan varjo, sen seisoessa kahdella jalallaan maassa, etukäpälien nojatessa ikkunalautaan.

Äiti tuntee kuinka lapset jäykistyvät ja heidän sydämensä hakkaavat repeämäisillään. Heidän kauhistuneet silmänsä kääntyvät katsomaan äitiä. Hän yrittää epätoivoisesti pitää heidät hiljaisina. Hän laittaa sormensa vuorotellen jokaisen suulle kuiskaten hiljaa,

" Vapauttaja suojelee meitä. Enkelit seisovat ovella eivätkä päästä leijonia tänne." Hän kuiskaa hymyillen.

Onneksi leijonan käpälät eivät osuneet ikkunaan ja rikkoneet sitä. Silloin se olisi haistanut ihmisen hajun ja rynnännyt sisään. Samaan aikaan eteisestä kuuluu kuinka ulko-ovi rymähtää voimalla auki toisen leijonista nojatessa siihen. Ikkunan takana nojailleen leijonan varjo katoaa, kun se kuulee oven rysähdyksen.

Pian huoneen seinän takaa keittiöstä kuuluu karjuntaa. Lapset ovat puolikuolleita pelosta ja äiti yrittää rauhoitella heitä.

" Hysh, ollaan vaan aivan hiljaa. Kaikki on hyvin, enkelit suojelevat meitä."

Äiti sanoo ja alkaa laulaa kuiskaten matkalaulua Pyhästä Kirjasta.

Joka Korkeimman suojassa istuu ja Kaikkivaltiaan varjossa viipyy. Hän sanoo "Herra on minun Luojani suojapaikka ja turvani" Minä saan asustaa Herran suojaamana. Hänen luonansa olen turvassa. Sulillansa Hän mua suojelee,en pelkää mä yön kauhuja.

Äiti jatkoi laulua hyräilemällä kuiskaten, sillä hän ei kauhistukseltaan muistanut sanoja oikein, mutta sillä ei ollut merkitystä. Lapset kyllä muistavat tuon tutun laulun, jota hän on niin usein laulanut heille.

Mavriaa istuu tuolilla nurkassa ja katselee noita äsken kauhun vallassa olleita lapsia, jotka nyt ovat äidin laulun aikana rauhoittuneet. Huoneeseen on laskeutunut rauha, jossa tuskin muistaa seinän takana riehuvia leijonia.

Yhtäkkiä keittiöstä kuuluu kolinaa, joka lähtee paikaltaan siirtyvien huonekalujen jaloista, niiden siirtyessä paikoiltaan ja kaatuessa lattialle.

Äiti keskeyttää hyräilynsä ja kuiskaa hiljaa rauhoitellen.

" Älkää hätääntykö lapset, muistin juuri jättäneeni punajuuria roskakoriin ja kaapin ovi taisi jäädä auki. Ne ovat huomanneet kaapin avonaisen oven ja luulevat löytäneensä sieltä syötävää."

Saman tien hän jatkaa hiljaista kuiskaushyräilyä, eikä anna kolinan häiritä mielenrauhaansa. Äidin pysytellessä rauhallisena, lapsetkaan eivät hätäänny.

Jonkin ajan kuluttua keittiö on hiljainen ja kolina on siirtynyt pihalle. Äiti hiipii ikkunaan ja katsoo verhoa raottaen ulos.

" Lapset, leijonat ovat jo tuolla ulkona. Toinen kaivelee roskapönttöjä ja toinen istuu ja katselee tuolla talolle päin," äiti ilmoittaa hiljaisella äänellä.

Jonkin aikaa ulkoa kuuluu vielä ääniä ja äiti istuu koko ajan verhon raosta vartioiden.

" Nyt toinen leijonista lähtee jo poispäin," äiti kuiskaa huojentuneena.

Samassa kuuluu kuitenkin valtava ilmoja viiltävä karjaisu. Lapset säpsähtivät ja nyyhkäisivät kauhistuneena.

" Lapset ei mitään hätää. Toinen leijona vain karjui ja komensi taloa tuijottavan leijonan mukaansa. Nyt molemmat ovat jo lähteneet. Odotellaan vielä kuitenkin jonkin aikaa, ennen kuin päästämme ääniä, etteivät ne huomaa meitä ja palaa takaisin". Äiti hymyilee väsyneenä ja huojentuneena puhuessaan lapsille.

Lapset purskahtivat helpottuneina itkemään ja ryntäävät äidin syliin, puristaen pienet kätensä hänen ympärilleen niin lujaa kuin jaksavat.

" Äiti, olisipa isi ollut nyt täällä."

Joku lapsista nyyhkyttää ja muut myötäilevät mukana.

" Niin, isi oli poissa tällä kertaa. Hän on sairaana. Rukoillaan, että hän paranisi pian. Taivaan isä oli kanssamme. Hän on luonamme, kun muut ovat muualla hoitamassa tehtäviään. Muistakaa lapset se aina, muistattehan. Vaikka mitä maailmassa tapahtuu ja äitiäkin olisi muualla, teillä on aina enkelit seurana. Taivaanisä on antanut heille käskyn suojella teitä. Meillä on aina yhteinen puhelinlinja, jonka kautta ollaan yhteydessä. Muistatteko mikä se on ja mikä sana aina karkottaa pahan ja pelottavan?" Äiti kyselee lapsilta.

" Jeesus," kaikki lapset sanovat kuin yhdestä suusta.

" Niin, hän on meidän Vapauttaja ja hän auttaa aina meitä ja jokaista, joka pyytää hänen apuaan. Hänen nimensä tarkoittaa meidän kielellemme käännettynä Vapauttaja tai Pelastaja".

Pihalla on aivan hiljaista ja äiti vilkaisee verhon raosta varmistaen, että leijonat eivät ole palanneet. Nyt on kulunut jo niin kauan aikaa, että äiti ja lapset uskaltavat nousta.

Äiti pyytää lapsia avaamaan verhot ja menee itse ovelle kiertäen lukon auki, raottaen ovea varovasti.

Hän menee keittiöön tarkastellen leijonien tekemiä tuhoja.

" Lapset tulkaapa katsomaan tätä punaiseksi värjäytynyttä keittiötä. Leijonat eivät ole tehneet muuta kuin kiukuspäissään viskelleet punajuuret pitkin lattioita," äiti huutelee nauraen.

" Kyllä kultaharjat ovat mahtaneet olla kiukkuisia, luullessaan löytäneensä syötävää, ne iskivät hampaansa punajuuriin. Toivottavasti ne söivät edes jonkun juurikkaan, saavatpahan vähän rautaa ja c vitamiinia." Kaikki nauravat helpottuneina.

" Leijonat eivät tehneet mitään pahaa ja ilkeää meille, nehän vain pelästyttivät meidät. Nehän toimivat kuitenkin vain luontonsa mukaan, minkä ne luonnolleen mahtavat." Äiti ajattelee ääneen."

Mavria seurailee vielä hetken äidin ja lasten touhuja. Jonkin ajan kuluttua hän nousee tuolistaan kävellen huoneen seinän läpi, -kuten oli tullutkin - kenenkään kiinnittämättä hänen mitään huomiota. Kukaan huoneessa olijoista ei nähnyt eikä kuullut hänen liikkeitään tai hänen siellä olemistaan.

" Sinä olet hyvä ja rohkea äiti. Toivotan sinulle siunausta ja kiitän, kun sain levätä hetken kauniissa kodissanne." Mavria kiittelee perheenäitiä. Äiti jatkaa kuitenkin punajuurien jättämien jälkien siivoamista kuulematta sanaakaan siitä mitä Mavria hänelle puhuu.

Astuttuaan pihalle, Mavria huomaa lasten tarkastelevan pihalla leijonien aikaansaannoksia.

"Hei sitten lapset, vaikka ette kuulekaan mitä sanon, niin Taivaan Isä ei jätä teitä koskaan. Hän lähettää enkelinsä suojelemaan teitä." Mavriaa sanoo.

Lapset jatkavat touhujaan, niin kuin häntä ei olisikaan. Eihän häntä lapsille ollutkaan, he eivät nähneet eikä kuulleet Mavriaata, mutta hän lähetti heille oman siunauksensa varjelukseksi ja suojelukseksi.

Mavria käännähtää ja kiirehtii Haimin luo. Jo kaukaa hän näkee sen seisomassa tyynenä ja rauhallisena. Se hirnahtaa iloisesti päätään nyökytellen, nähdessään emäntänsä saapuvan. Mavria silittelee sen kylkeä hetken ja kiipeää sitten sen selkään. Hän antaa hevoselle lähtömerkin. Haimin selässä korkealla istuen, silitellen välillä hevosen kiiltävää kylkeä hänellä on aikaa pohtia äsken näkemäänsä. Maisema on rauhallinen kuin Mavrian ajatuksia varten hiljentynyt kuuntelemaan levollisuutta, joka metsään on laskeutunut. Metsätie kulkee korkeiden lehtipuiden suojassa ja linnut laulavat kesäpäivän kauneutta.

He kulkevat vielä joitakin tunteja tien pysytellessä melko suoraviivaisena, mutta saapuvat viimein mutkaan, josta tie viettää oikealle.

Tässä kohden Haim kääntyy oma aloitteisesti vasemmalle olevalle niitylle. Mavria ei estele sitä, sillä hän tietää hevosella olevan vaiston, joka ohjaa sen lähteelle.

Myöhäiseen iltapäivään on jo sekoittunut saapuvan illan tuoksu. Hevonen kulkee määrätietoisesti niityllä, se hakee heille jo lepopaikkaa yöksi. Hain pysähtyy hirnahtaen ja Mavria herää puoliunestaan hypähtäen maahan.

Aivan puun vieressä on lähde, kauniiden kirkkaiden ketokukkien suojaamana. Mavria laskeutuu maahan ihailemaan lähteen tummaa ja raikasta vettä. Hän painaa kätensä veden alle, tuntien sen raikkauden ja kylmyyden herättävän hänet jälleen todellisuuteen. Hänen mieleensä alkaa nousta kaipaus Gan-järvelle, jossa hän pääsee uimaan veden raikkaaseen syliin. Hänelle tulee hetkeksi pelottava ajatus, ettei löydäkään perille, että hän on eksynyt tieltä löytämättä sille takaisin.

Illan hämärän lähestyessä väsymys alkaa jo painaa molempien matkalaisten mieltä. Väsymyksen nostattama eksymisen pelko nostaa

Mavriaalle ” palan” tunteen sydämeen. Hänen on paha olla ahdistuksen puristaessa hänen olemustaan joka puolelta.

Hän alkaa miettiä kaikkia tekojaan ja pelkää tehneensä vääriä valintoja, kulkeneensa vääriä polkuja. Hänellä on huonot suuntavaistot, siksi hänen on seurattava vain sisäistä Pyhää Hengen ääntä.

Hän ei erota ilmansuuntia toisistaan eikä osaa lukea merkkejä luonnosta, sen enemmän kuin tähtitaivaastakaan.

Hän nousee seisomaan vaeltaen edestakaisin sisäisen paineen pakottamana, tuntien olevansa hukassa. Lähteellekään hän ei uskalla mennä, koska ei kestä nähdä itseään veden kuvajaisessa.

Hän kuvitteli unohtavansa itsensä täällä metsässä, pääsevänsä rauhaan mitättömyyden tunteestaan, mutta se seuraa kaikkialle. Hän hieroo molempia ohimoitaan käsillään, kuin yrittäen ajaa inhottavat mielikuvat pois. Ajatukset piinaavat, muistuttaen hänen, vähäpätöisyydestään. On kuin jokin huutaisi hänen päänsä sisällä.

”Sinä olet hyljätty, koska sinusta ei ole mihinkään. Olet epäonnistuja, jolla ei ole mitään toivoa. Oletko sinä onneton uskaltanut toivoa jonkun pitävän sinusta. Sinä, jota ei ole edes tarkoitettu tähän maailmaan. Eihän sinua kukaan huomaa, vai oletko kuullut jonkun puhuvan sinulle. No, tietenkin joku on puhunut, mutta et kai ole kuvitellut kenenkään välittävän sinusta,” ääni hänen sisällään ilkkuu.

”Jumala auta, älä hylkää minua. Sinä olet ollut minun kanssani, olethan, silloinkin, kun ketään ihmistä ei ole näkynyt, kun olen ollut väsynyt, eksynyt, langennut! Olethan ollut kanssani, en muuten enää eläisi. Jumala, jos sinä rakastat vain onnistuvia, kauniita, vahvoja, täydellisiä ja hyviä, niin missä on silloin meidän muiden toivo.”

Mavria painautuu puun kylkeen, itkun painaessa hänen särkevän ja kuumeisen olemuksensa kasaan. Hän itkee hiljaa, hän huutaa ääneti, yksinäisenä ja kaukana muista. Luonto kuuntelee vaieten. Haim seisoo kauempana katsellen emäntäänsä, joka on eksynyt maailmaan, jossa aika on menettänyt merkityksensä.

Viimein itku vie mukanaan ahdistuksen, jättäen jäljelle kuitenkin surun. Mavria miettii, miksi on tullut hyljätyksi ja mitä on tehnyt väärin. Pohjimmiltaan hän kuitenkin tietää, että niin on jokaisen ihmisen laita. Todellisen ahdistuksen tullessa jokainen on yksin. Hän nostaa päänsä ja katselee kaukaisuudessa häämöttävää jo hieman illan punertavaa taivaanrantaa.

Rauhoituttuaan hän riisuu satulan Haimilta, ottaen toiveikkaana matkarasian satulalaukusta. Surullisin silmiin nousee riemu, hänen huomatessaan rasian pohjalla pienen sinisen silkkinauhan.

Rasiaa hellävaroen käsissään pitäen hän ottaa sen pohjalta taivaansinisen silkkinauhan. Puun luokse palattuaan hän istahtaa pehmeälle ruoholle levittämänsä peiton päälle. Jalat risti-istuntaan taivutettuina, kyynärvarsiaan polviin tukien hän pitelee kangaspalaa käsissään.

Hänen sisältään nousee vielä huokaus ennen kuin hän nostaa kultakirjoituksella koristetun sinisen silkkinauhan silmiensä eteen lukien sen viestin.

Elämän leipä

Kaikki, minkä Isä antaa minulle,
tulee minun tyköni;
ja sitä,
joka minun tyköni tulee,
minä en aja pois.

Syvän huokaisten, hän painautuu peittonsa alle puunsuojaan. Valtava turvallisuuden tunne siitä, ettei Vapauttaja ollut hyljännyt, täyttää hänet levollisena rauhalla.

Hänen nukahtaessaan kyyneleet vierivät poskille hiljaa, mutta unessa hänen sieluaan parannetaan. Nukkuessaan Mavria hymyilee onnellisena, itse sitä tiedostamatta. Unessa häneltä poistetaan sisäistä ahdistusta ja tilalle annetaan rauhaa ja levollisuutta.

Yön hiljaisina tunteina Vapauttaja vie hänet maahan, jossa kukaan ei voi vahingoittaa ja missä hän on rakastettu ja hyväksytty omana itsenään.

VIII LUKU

Mavriaa herää aamuauringon häikäistessä hänen silmiään. Hän siirtää peiton sivuun nousten istumaan ja katselee aamukasteen raikasta niittyä. Linnut ovat heränneet jo kauan sitten ja ne helskyttävät riemuaan kirkkain äänin, taivaansini ilakoi edessä auringon lämmössä.

Hieroessaan aamuväsymystä silmistään hän huomaa niiden olevan vielä arat edellisen päivän rajusta tunnekuohusta. Hän vetää repun vierelleen ja kaivaa sieltä vesipullon nousten samalla venytellen seisomaan. Kädet korkealle nostaen hän liikuttelee niitä vuorotellen ylös ja alas nauttien kesäaamun kauneudesta.

Aivan lähteen lähellä on valtaisa hunajavarvikko täynnä herkullisia marjoja, joita hän poimii pikkukoriin aamun annoksen verran. Hän siirtyy lähteen vierelle istahtaen nauttimaan marjojen herkullisesta mausta.

Edellisillan murhe on takana, pois itkettynä mielestä ja sydämestä. Mavria laulaa koko sydämellään omaa sepittämäänsä laulua, kuin ajaen kaiken ikävän pois luotaan.'

Tänään on jo huomenien aamu,

ja tulevien huomenien eilinen.

On loppuelämäni ensimmäinen päivä.

Tänään olen onnellinen,

tänään on kaikki hyvin."

Mavriaa nousee ylös pyörien kuin lapsi nauttien vapaudesta, kädet ja katse käännettynä kohti kirkasta taivasta. On kuin edellisen illan itku olisi pyyhkinyt hänen mielensä täysin uudeksi.

Hän astelee rennon iloisesti lähteelle, huikaten huomenen Haimille, joka syö ruohoa vähän matkan päässä niityllä. Se hirnahtaa päätään nyökäyttäen ja häntäänsä huiskien.

Mavriaa naurattaa, sillä hevonen hypähtää tasajalkaa, ensin potkaisten takajalat korkealle ilmaan, iskee ne takaisin maahan. Sen jälkeen ponnistaen etujalat koukistettuina ylös. Takajaloillaan seisoin se pyörähtää pari kertaa ympäri, hirnuen riemuissaan, hännän viuhuessa hurjaa vauhtia sivulta sivulle.

" Hassu hevonen," sen emäntä nauraa" tämä metsä tekee meidät molemmat aivan hupsuiksi."

Hevonen hirnuu takaisin, alkaen jälleen nyhtää turvallaan aamukasteen raikasta ruohoa tanssahdellen

Mavria palaa takaisin lähteelle, polvistuen hän nojaa sen kukkien täyttämään reunuksen.

Lähteen tumma vesi on kuin suuri arvoitus. Sen vesi tulee Gan-järveltä, virraten pitkin maanalaisia salaisia uomia, kulkeutuen läheisen metsän kauimmaiseenkin kolkkaan. Mavria laittaa kätensä kupiksi, ammentaen sen vettä täyteen. Silmät ummistettuna hän nauttii raikkaan veden kehoa elvyttävästä mausta. Hän kuuntelee lintujen laulua ja nauttii metsän kukkien tuoksua hyräillen matkalaulua.

Hänen rakkautensa metsää kohtaan kasvaa entisestään. Täällä hän on vapaa, yksin ja vapaa. Vaikka hän kohtaakin muita matkalaisia, se ei häiritse, sillä jokaisen on kuljettava omaa tietään, jos haluaa saavuttaa tuon ihmeellisen Gan-järven.

" Minä olen vapaa, todellakin vapaa. Voin kulkea itään tai länteen, pohjoiseen tai etelään. Kukaan muu kuin Vapauttajani, ei voi määrätä suuntaani. Hän ohjaa minut oikealle tielle, minut suuntavaistottoman, niin, että pääsen kotiin Gan-järvelle."

Näitä mietiskellen ja luonnon kauneutta ihaillen hän lepäilee ruohikolla. Hän katselee kuinka Haim syö tyytyväisenä niityn tuoretta ruohoa.

Jostakin hypähtää pieniä jäniksiä hänen eteensä, muistuttaen niistä pienistä pelokkaista olennoista, jotka hän kohtasi alkumatkalla kaupungissa. Hänelle ei tullut toivoton olo, sillä hän tietää, että aina jossakin on jokaiselle toivo ja mahdollisuus, jos katsoo oikeilla silmillä. Viimein hän nousee hidastellen, alkaen kasata tavaroitaan ja hakien hevosen satulan.

Hän viheltää merkin Haimille ja sieltä se tulla kopsuttelee tyynen rauhallisesti. Mavria valjastaa hevosen pakaten matkatavarat sen selkään. Hän kiipeää kivelle, nousten siitä ratsunsa satulaan. Nyt matka voi jälleen jatkua.

He taivaltavat tiellä, jonka vasemmalla puolella kasvaa ikikuusia, joista huokuu arvoituksellinen salaperäisyys. Oikealla puolella puolestaan ilmava lehtimetsä kylpee raikkaana auringonsäteiden lämmössä.

Mavria pohtii, mistä mahtaakaan johtua, että puustot ovat niin erilaisia tien vastakkaisilla puolilla. Hän arvelee sen johtuvan siitä, että havumetsän puolelle aurinko osuu vain varhain aamulla ja lehtimetsä puolestaan on mäen rinteessä, johon aurinko helottaa lähes koko päivän. Siitä, kumpi niistä mahtaa olla etelä- tai pohjoispuolella, hänellä ei ole aavistustakaan.

Havumetsän mystiset varjot saavat tien tuntumaan vilpoiselta ja raikkaalta. He jatkavat rauhaisaa tahtia eteenpäin. Sillä heillä ei ole kiire mihinkään. Pikkuhiljaa metsän kauneus ja luonnon vehreys ovat saaneet Mavriaan rauhoittumaan. Hänen levottomuutensa on alkanut tasaantua. Pelko ja ahdistus eivät enää hyökkää hänen kimppuunsa niin usein, kuin jokin aika sitten.

Tie on vanha maalaistie, jonka hiekka on tallautunut kovaksi vuosikymmenien, kenties satojen vuosien aikana. Vähän matkan päässä näkyy halkopino, jonka edestä lähtee kärrytie oikealle. Tie on kaksiurainen ja sen keskellä on hieman korkeammalla töyräs, joka on pitkän saraheinän, hiirenvirnojen, päivänkakaroiden ja voikukanlehtien peitossa.

Tie näyttää houkuttelevalta, mutta se on selvästikin jokin yksityistie. Nyt Mavriaa ei kaipaa sen kaltaista seikkailua, hän haluaa taivaltaa rauhassa päätietä.

Hän jatkaa matkaa ohittaen pienen punaisen maitolaiturin, joka kököttää tien vasemmalla puolella, mäen kumpareen ja kuusikon edessä. Jonkin aikaa kuljettua hän kuulee ääniä, jotka lähenevät pikkuhiljaa matkan edetessä. Uteliaana ja tiedonhalumaisena hän kannustaa hevosen raviin.

Metsä loppuukin vasemmalla puolella olevan kumpareen takana. Siitä alkaa vihreä niitty, joka loppuu siniseen auringossa kylpevään järvenselkään. Rannalla on joukko ihmisiä ja niitylle on levitetty kotikutoisia, pitkiä ja värikkäitä riepumattoja.

Mavria ohjastaa hevosen rantaan, pysäyttäen sen suuren kuusen juurelle. Hän hypähtää maahan ja sitaisee ohjakset puuhun. Järvi näyttää houkuttelevalta ja hän kaivaa uimapuvun repustaan.

Rannalla on pieni puinen koppi, jonka hän arvelee olevan vaatteiden vaihtamista varten. Suunnistaen kohti pikkurakennusta, hän kuuntelee puolella korvalla järveltä kantautuvia ääniä.

Vaihdettuaan uimapuvun ylleen hän suuntaa kohti rantaa pysytellen sivummalla, ettei häiritse muita rannalla olijoita. Hän istahtaa kivelle pajupensaikon suojaan ja katselee kaihoisasti tuota rannalla touhuavaa joukkoa.

Kylän naiset ovat tulleet parin perheen voimin pesemään mattoja. He ovat kantaneet pitkät puiset penkit järveen ja hankaavat mattoja puhtaiksi juuriharjoilla. Naisilla on huivit päässään, suojaamassa auringon polttavalta kuumuudelta ja hihattomat puserot etteivät hihat kastu. Hameen helmat he ovat nostaneet ylös vyötärölle varjellen niitä joutumasta veteen.

Lapset ilakoivat ja nauravat riemuissaan huuhdellen matoista mäntysuopaa, jonka raikas tuoksu leijailee koko rannan yllä. Lapset pomppivat mattojen päällä yrittäen uida niiden kanssa kuin uimapatjalla.

Mavria säpsähtää kesken kaiken kuullessaan ääniä ja tuntiessaan varjon lankeavan ylleen. Varovaisesti hän vilkaisee olkansa yli, vain huomatakseen tunkeilijan vaarattomaksi mustatukkaiseksi pikkutytöksi.

" Hei täti," lapsi sanoo hymyillen, "muistatko minut." Et varmaankaan muista. Minä huomasin hevosesi, kun istuin pyyhkeen alla lämmittelemässä. Sinun nimesi on Mavria," tyttönen selvittää, harmaiden silmien katselemassa tutkivasti vierasta.

"Niin onkin," Mavria vastaa ilahtuneena tunnistaen tyttösen. " Sinähän olet Madigaa, sieltä alatien ristiltä missä hiekka on pehmeää ja tuomi kukkii".

Tyttösen kasvot loistavat kilpaa auringon kanssa, sillä vieras oli muistanut hänen nimensä ja alatien ristin, pehmeän hiekan ja tuomen. Sen tarkoittaa, että täti oli sittenkin kuunnellut häntä. Tyttönen kallistaa päätään lausuen hymyillen.

" Mitenkähän sinä täti tunnut niin tutulle, kuin olisin tuntenut sinut aina. Sinun kanssasi on niin helppo jutella."

" No, niinpä tunnut sinäkin. Oletteko te tulleet isollakin joukolla mattopyykille tänne rantaan." Mavriaa tiedustelee.

" Tultiin kyllä aika isolla joukolla. Heinätyöt saatiin tehtyä loppuun ja nyt sitten päästiin palkaksi äidin ja tädin kanssa tänne rantaan, kun auteltiin heinäpellolla. Me lapset haravoitiin heinänrippeitä ja juoksutettiin tappeja heinäseipäisiin." Tyttö kertoo ja jatkaa.

" Meillä on oikein eväät ja mehuakin mukana täällä rannalla. Tämä on kesän kivoin päivä, kun äiti ja täti ottivat meidät mukaan mattorantaan ja päästiin uimaan. Isä tulee sitten illan suussa hakemaan meidät Heli hevosella," tyttö selvittää tapahtumien kulkua.

" Mikäs tämän järven nimi on ja onkos tämä kuinka suuri," Mavriaa kyselee.

" Tämän järven nimi on Syväjärvi ja tämä on kamalan syvä ja niin suuri, ettei kunnolla näy toiselle rannalle. Meitä on kielletty uimasta kovin kauaksi rannasta. Järvi syvenee äkkijyrkäksi äkkiä. Siihen kohtaan on laitettu pitkä keppi pystyyn merkiksi, että on käännyttävä rantaan päin. Tuolla viereisellä rannalla on sitten iilimatoja ja siksi sinne ei kannata mennä. Minä en mene ainakaan, eikä meistä kyllä kukaan mene," tyttönen selittää.

" Kuulostaa siltä, että teidän vanhempanne pitävät teistä hyvää huolta, kun tiedät noin tarkkaan mihin voi mennä ja mihin ei," Mavriaa huomauttaa.

" Voi, kaikki kylässä pitää toisistaan huolta," tyttönen huikkaa kulkien jo uimarantaa kohden, "tule täti sinäkin tänne uiman. Vesi on tosi lämmintä," Madigaa houkuttelee.

" Voisinpa tullakin. Luuletko, että voisin uittaa myös hevosen," Mavriaa kysäisee.

" Joo, voit, mekin uitetaan meidän Heli hevonen, kun isä tulee hakemaan meitä. Antaakohan sinun hevosesi meidän istua sen selässä, kun se ui ja kahlaa vedessä," Madigaa kysäisee."

"Kyllä se antaa. Joskus minä pidän sen hännästä ja se kiidättää minua mukanaan." Mavriaa kertoo hymyillen.

Tyttönen haluaa hakea ja taluttaa Haimin. Mavriaa antaa luvan, mutta kulkee itse kuitenkin vierellä koko ajan, varmistaen ettei hevonen pelästy ja satuta tyttöstä.

"Hyvää päivää, olen ohikulkumatkalla ja huomasin täällä järven ja ajattelin vähän vilvoitella siinä. Madigaa lupasikin olla oppaani ja esitellä järveä, "Mavria tervehtii naisia."

" Onkin hyvä, että lasten kanssa on joku aikuinen uimassa. He ovat villiintyneet touhuissaan ihan mahdottomiksi. Taitavat matotkin olla aivan hiekassa, kun he innoissaan uittavat niitä enemmän järven pohjassa kuin pinnassa," toinen naisista virkkaa.

" Niin, lapset nyt ovat lapsia," toinen naisista tuumaa hymyillen katsellessaan lasten riemua.

Mavriaa ui nauttien veden ihanasta vilpoisuudesta ja lasten iloisesta seurasta.

Haim ui ja kuljettaa lapsia vuoroin selässään kantaen ja välillä jotakin hännästä kiinni pitelevää riemusta kiljuvaa lapsosta.

Mavriaa nauttii veden vilpoisuudesta, uiden ja välillä kelluen liikkumattomana veden kannattelemana. Hän katselee sinistä taivasta, jossa purjehtii jokunen poutapilven hattara. Lapset ilakoivat ja kiljuvat, he olisivat järvessä ties, kuinka kauan. Jonkun ajan kuluttua Mavriaa pyytää lapsia näyttämään hänelle kätensä.

" Nyt menemme kaikki rannalle. Teidän huulenne ovat aivan siniset ja sormet ryppyiset kuin riivinraudat. Nyt mentiin. Kuka ensin rannalla!!" Mavriaa hihkaisee ja lapset juoksevat kalisevin hampain kilvan rannalle pyyhkeiden alle lämmittelemään.

Haim piehtaroi tyytyväisenä ruohikossa kuivatellen itseään. Mavriaa ottaa puolestaan pyyhkeen ja menee pukukoppiin vaihtamaan märän uimapuvun kuiviin sortseihin ja ilmavaan puuvillaiseen puseroon. Palatessaan takaisin leyhytellen hiuksiaan kuivaksi, kesätuulen puhaltaessa niihin lämpöään hän pohtii matkan jatkamista.

" Hei täti, joko sinä tulit. Katsopa, miten hevonen on tyytyväinen. Me annettiin sille vähän äidin tekemään ruisleipää, jossa on juustoa päällä. Otatko sinäkin täti palasen ruisleipää ja omenamehua?" Madigaahan se siinä taas huolehtii, ettei kukaan jää ilman syötävää.

" Kiitos mielelläni. Tästä onkin aikaa, kun olen saanut viimeksi kotitekoista leipää." Mavriaa sanoo ja samassa Madigaa jo kiirehtii tuomaan hänelle leipää ja mehua.

Tuore maalaisleipä ja juusto maistuvat kaikille, sillä uidessa oli tullut yllättäen nälkä. Siinä tuo värjöttelevä joukko nauttii herkullisesta välipalasta katsellen taivaalla lentelevää iloisesti sirkuttaa lintuparvea. Kärpäset surisevat silloin tällöin, yrittäessään epätoivoisesti päästä osalliseksi eväiden herkullisesta mausta. Niiden yritykset raukeavat kuitenkin tyhjiin nälkäisten pikkuisten uimareiden hätistäessä ne pois.

Mavriaa alkaa pikkuhiljaa vaipua omiin ajatuksiinsa, pohtien jo taivaltamaansa matkaa ja arvellen kuinka pitkän matkan vielä tänään voisi taittaa. Viimein hän nousee venytellen ja menee satuloimaan hevosen, lastaten tavaransa matkakuntoon.

Hän palaa lasten luo takaisin, katsellen surun kaihoisasti heidän aitoa riemuaan, jota huomisen huolet eivät paina. Märät pyyhkeensä he ovat heittäneet jo aikaa sitten pois, mutta vieläkin heidän huulensa sinertävät ja hampaat kalisevat uinnin jäljiltä.

" Hei sitten lapsukaiset, minun täytyykin jo jatkaa matkaani. Kiitos kesän parhaasta päivästä ja kiittäkää äitejänne hyvästä leivästä ja mehusta," hän sanoo huiskauttaen kättään. Hän taluttaa Haimin kiven luo, josta on helppo hypätä satulaan.

Hän huomaa Madigaan seuraavan perässä. Tyttösessä on jotakin aikuismaisen pohtivaa lapsen iloisuuden takana.

" Mavriaa-täti minulle tulee sinua ikävä. Sinä ymmärrät aika hyvin lapsia. Ymmärrän sinua enkä ole surullinen, vaikka sinä oletkin ihan yksin. Tiedän, että niin haluatkin. Itsekin karkaan välillä muiden seurasta. Tiedätkös, silloin kiipeän oikein, oikein ylös puun latvaan, ja leikin olevani lintu, joka istuu puussa. Kerran äiti huomasi ja hän tuli vauhdikkaasti puun luokse ja ylöspäin katsoen sanoi lujalla äänellä, sellaiseen tiukkaan sävyyn, jota ei yleensä käytä. Madigaa matki äitinsä vakavaa, mutta rauhallista ääntä. Äiti ei koskaan huutanut. Hän oli saanut syntymälahjaksi tasaisen ja huumorintajuisen luonteen.

"Tule nyt heti varovasti alas äläkä enää kiipeä noin korkealle."

"Tulen äiti, saanko olla vielä vähän aikaa. Täältä näkee niin kauas. Halusin kokeilla miltä linnuista tuntuu katsellessa maailmaa ylhäältä."

Madigaa esittää kuinka oli anellut äitiä, että saisi olla hieman aikaa vielä ylimmillä puun oksilla.

" Istu siinä samassa paikassa ja liiku vasta sitten, kun tulet alas. Minua niin pelottaa, että putoat sieltä puusta. Ole varovainen, kun tulet alas."

Madigaa vielä esitti äidin viimeisen repliikin, antaen luvan puussa olemiseen. Sitten hänen palaa nykyhetkeen ja hän kääntyy Mavriaan päin.

"Näenköhän sinua enää koskaan Mavriaa–täti," Madigaa huokaa kaihoisana.

" Tiedätkös, minulla on luja tunne, että varmaankin näemme. Minä muistan sinua matkallani, pieni alatien ristin tyttö. Ethän sitten yritä sieltä alatienristin tuomesta enää äitisi sateenvarjolla hypätä. Muistathan, kuinka sinulle kävi, kun hyppäsit tuomen oksalta." Mavriaa sanoo.

"En minä enää niin pieni ja typerä ole." Madigaa vastaa nauraen tyytyväisenä, että täti oli muistanut sateenvarjohypyn.

Mavriaa ohjastaa Haimin tielle ja vilkuttaa vielä taakseen vilkaisten. Siellä Madigaa seisoo muista hieman erillään, katsoen hänen peräänsä, nostaen kätensä varovaisesti vilkuttamaan takaisin.

Matkalaiset taivaltavat kovettunutta hiekkatietä auringon paahtaessa keskikesän polttavalla lämmöllä. Tie kulkee laaksossa, matalan vuoren juurella, jonka rinteillä kasvaa kuivaa auringon paahtamaa kangasmetsää. Sen vasemmalla puolella avautuu avara niitty, jonka takana välkehtii vielä hyvän matkaa eteenpäin Syväjärvi.

Mavrialla on kaihoisa olo. Tuntuu kuin muistot ja tulevaisuuden kaipuu olisivat kietoutuneet toisiinsa. Hän ei enää kunnolla hahmota, mikä on eilistä ja mikä huomisen odotusta. Karkottaakseen ikävän, hän laulaa hiljaa matkalauluja, katsellen maiseman kauneutta. Auringon kuumuus saa taivaltajat väsyneeksi ja hevonenkin hidastaa askeliaan.

Jonkin matkaa kuljettuaan he saapuvat suuren punaisen maitolaituriin luo, jonka takana olevan osuuskaupan pihalla istuskelee kylän miehiä turisemassa keskenään. Huomatessaan Mavriaan ja Haimin he kääntyvät katsomaan uteliaina vieraita matkalaisia.

" Mihinkäs se tyttö on matkalla," joku ukoista utelee, enemmänkin tuumien ääneen kuin kysyen.

" Eteenpäin, Gan - järvelle ajattelin tässä ratsastaa, " Mavriaa huikkaa vastauksen kysyjälle.

" Vai Gan- järvelle, kuulepas nyt tyttö, ettet vain tekisi turhaa matkaa. Liekö tuota koko paikkaa olemassakaan, kunhan vaan jotkut horisevat joutavia siitä ihmejärvestä. Mitä tuota yhtä järveä etsit, onhan noita järviä missä pulikoida. Etköhän tuota pysähdy ja jää tänne meitin kylälle, etteivät vaan sudet syö matkalla, " istuva ukonturilas pussihousuissaan ja pitkissä nahkasaappaissaan hupattaa.

" Vai, että sudetko minut söisivät. Jaa-a, minkähänlaisia susia setä mahtaa tarkoittaa. Kyllä minä nyt vain jatkan matkaani Gan-järvelle. Jos näette minun tulevan takaisin tätä samaa tietä, niin tietäkäät, etten löytänyt etsimääni." Mavriaa heittää miehille vastauksensa kuin haasteen. Sen enempää empimättä hän kulkee eteenpäin ja kylän ukot jatkavat turinaansa. Jotkut heistä istuskelevat osuuskaupan avoimen oven edessä olevilla rapatuilla rappusilla ja toiset taas niiden vierellä olevilla isoilla kivenmurikoilla. Kaupasta oikealle on alaspäin viettävän niityn takana lampi, joka jatkuu aina vanhalle kyläkoululle asti, joka on tien vasemmalla reunustalla.

Koulu on valkoinen yksinkertainen rapattu rakennus, jonka pihalla seisoo vanha pieni ja hento nainen, kullanvärinen kookas koira vierellään.

"Päivää," Mavriaa sanoo kohteliaasti naisen vanhaa ikää kunnioittaen.

"Päivää," vanhus vastaa.

" Mahtaako tämä tie viedä Gan-järvelle," Mavriaa kysäisee.

"Kas, kyllähän tämä vie," vanhus vastasi silmiään siristellen, iloisen hymynkareen nykiessä suupielissä.

" Lämmittääpäs se vanhan opettajan mieltä, kun joku siitä kyselee. Minä aikoinani lapsille koulussa yritin kertoa järvestä. No, jotkut heistä muistavatten. Nythän täällä ei enää ole koulua koko kylässä. Siirsivätten kirkolle," vanhus kertoilee omiin muistoihinsa vaipuen.

" Kiitos teille vahvistuksesta, että olen oikealla tiellä," Mavria sanoo jatkaen matkaansa.

Vanhus tuskin enää kuulee häntä, vaan on kääntynyt koiransa kanssa lipputangon vierestä kulkevalle rakennuksen päätyyn johtavalle hiekkatielle. Vanhan naisen kumarainen olemus etääntyy hitaan rauhallisesti ja kullankeltainen koira luutustaa vierellä yhtä tasaisesti.

Haimin kulku alkaa käydä levottomaksi sen vaistotessa lähestyvän illan läsnäolon.

" Etsitäänpä leposija yöksi." Mavriaa sanoo, taputtaen ja silittäen hevosen kiiltävää kylkeä.

He ratsastavat vielä jonkin matkaa pysähtymättä auringon alkaessa jo pikkuhiljaa heittää varjoaan puiden ylle. Viimein, jonkin matkan päässä, näkyy niityllä paalujen varassa lepäävä heinäseiväskatos. Väsyneet matkalaiset suuntaavat äsken niitetyn heinän sängen yli katosta kohti.

Päästyään perille Mavriaa riisuu Haimin satulan. Hän huomaa tavaroita ottaessaan satulalaukussa matkarasian. Hän ei jaksa tänään kuitenkaan avata sitä, vaan ottaa lepohuopansa levittäen sen pehmeälle ruohikolle katoksen alle.

Väsyneenä hän katselee kuinka Haim syö tuoretta ruohoa. Jostakin kuuluu silloin tällöin vielä linnunlaulua ja heinäsirkkojen siritystä. Iltailma on lämmintä ja pehmeää kuin samettisen, kesätuulen lempeästi hipaistessa ihoa. Hän kaivaa repustaan vesipullon ja rasiallisen aamulla poimimiaan hunajamarjoja istahtaen aterioimaan. Syötyään hän käy pitkäkseen, katsellen Haimia sen juodessa vettä, matalien pensaiden takana olevasta ojasta.

Viimein hevonen tulee aivan katoksen viereen, laskeutuen yölevolle. Mavriaa vilkaisee vielä kohti ilta-auringon laskua ja punertavaa taivaanrantaa. Levollisin mielin päiväänsä tyytyväisenä hän nukahtaa syvään uneen, joka kiidättää häntä ihmeellisessä salaperäisessä maailmassaan kohti aamua.

IX LUKU

Matkalaiset heräävät melko varhain, pitkän ja levollisesti nukutun yön jälkeen. Mavria pakkaa matkatavarat ja poimii rasiallisen hunajamarjoja matkaevääksi. Lähdettä ei näy missään ja hän päättää etsiä sellaisen päivän aikana matkan varrelta.

Haim hamuilee turvallaan aamukasteen raikasta ruohoa, juoden lopuksi ojan raikasta vettä. Viimein se kylläisenä, harjastaan vesipisaroita ravistellen kulkee Mavriaa kohti katoksen luokse.

Satuloituaan ratsunsa Mavriaa silittelee vielä sen silkin pehmeää turpaa. Ihmetellen eläimen lempeiden ja älykkäiden silmien tutkivaa katsetta. Hän taluttaa sen ojan lähellä olevan kiven viereen, nousten sen päältä satulaan. Olkansa yli hän vilkaisee vielä katokseen varmistaen, ettei mitään unohtunut ja painaa jalalla lähtömerkin hevosen kylkeen.

Tänään heidän matkansa alkaa melkein heti auringonnousun jälkeen, koska ilma on vielä vilpoisaa_matkustaa. Edellisenä päivänä he olivat lähteneet matkaan myöhemmin aamupäivällä ja iltapäivän kuumuus yllätti heidät.

Lähtiessään aikaisin he ehtivät taivaltaa hyvän matkaa eteenpäin ennen puoltapäivää ja levähtää kuumimman ajan metsän suojaisessa viileydessä. Samalla Mavria voisi etsiä lähteen, josta Haim saisi juodakseen ja hän voisi ammentaa pulloonsa raikasta vettä.

Haimin kulkiessa Mavria kaivaa eväät repustaan ja nauttii aamuaterian. Luonto kukoistaa hänen ympärillään, koivut havisevat hiljaa kesätuulen niitä hyväillessä. Hevosen rauhaisa käynti ja lintujen iloinen viserrys antavat Mavriaan aamiaiseksi nauttimille marjoille entistä herkullisemman maun.

Yht'äkkiä hevonen pysähtyy tuijottaen tielle. Jonkin matkan päässä istuu ruskea rusakko, joka valppaana kääntelee päätään, pitkien korvien osoittaessa taivasta kohti. Hevosen vaihtaessa painoa jalalta toiselle, hiekka rapisee, ja samassa rusakko syöksyy pelästyneenä metsikön turvaan.

Luonnon ihmeellinen maailma saa matkalaiset valtaansa. Aika kulkee kulkuaan, heidän sitä huomaamatta. Mavriaa muistelee aikaa laaksossa ennen suojaisaan metsään saapumistaan. Laakson tapahtumat tuntuvat kaukaisilta. Aivan kuin joku toinen olisi elänyt ne hänen puolestaan.

Nyt hänen katsellessaan pitkän matkansa päästä sitä kaikkea, hänen on sääli sitä surullista ja eksynyttä itseään, joka vaelsi päämäärättä ja eksyneenä. Hän toivoo, että olisi löytänyt Gan - järvelle johtavan metsän jo aikaisemmin. Ehkä oli kuitenkin tarpeen vaeltaa laaksossa niinkin kauan, että voi ymmärtää metsän kauneuden ja raikkauden.

Kaukana edessäpäin häämöttää vuorenhuippu. Hän arvelee tien vievän sinne ja maaston olevan melko vaikeakulkuinen. Mavriaa toivoo, että ennen vaikeimman taipaleen alkua metsän siimeksessä olisi vielä temppeli, jossa voisi hiljentyä ja kerätä voimia ennen raskasta nousua vuorelle.

Matka jatkuu verkkaiseen tahtiin. Yllättäen seuraavan mutkan takana heidän eteensä ilmaantuu pieni joukko kävellen matkaa taittava, pieni ihmisjoukko.

Mavriaa ohittaa heidät tervehtien kohteliaasti, mutta kuljettuaan jonkin matkaa, hän päättää kysyä tarvitsevatko he kenties apua. Hän pysäyttää Haimin jääden katselemaan saapuvaa joukkoa.

Äiti kävelee tien vasenta laitaa kolmen lapsensa kanssa. Kuljettuaan jonkin matkaa he pysähtyvät ja kääntyvät selin menosuuntaan. He odottavat hieman taaempana saapuvaa miestä, joka kulkee vaivalloisesti ja hitaasti pikkutien oikeaa puolta.

Lapset- tyttö ja kaksi poikaa- ovat iältään jonkin verran molemmin puolin kymmenen ikävuoden. Äidin ikää on vaikeampi arvioida, niin kuin naisten ikää yleensä. Luultavammin hän on siinä neljässäkymmenessä, samoin kuin mies, jota he odottavat.

Tiellä odottava joukko vaikuttaa rauhalliselta ja kärsivälliseltä, sellaiselta, joka on jo kokenut paljon ja nähnyt sekä iloja, että pettymyksiä. Hyvät kokemukset antavat toivoa ja voimia. Vaikeudet puolestaan kasvattavat kärsivällisyyttä ja kärsivällisyys antaa voimaa matkan koettelemusten kestämiseen.

"Tervehdys ystävät," Mavriaa sanoo hymyillen. "Tervehdys muukalainen," äiti vastaa ja lapset sanovat vuorotellen" Hei" hymyilen takaisin.

Mies ei vastaa, sillähän on vielä niin kaukana, ettei kuule heidän keskusteluaan.

" Voisinko kenties auttaa teitä jotenkin," Mavriaa tiedustelee.

" Kiitos ystävällisestä tarjouksesta, mutta emme osaa ottaa apua vastaan. Olemme tottuneet tulemaan toimeen, sillä mitä meillä on ja välillä sillä, mitä meillä ei ole. Kaikilla on omat huolensa kannettavanaan. Kyllä minulla on joitakin hyviä ystäviäkin, joiden kanssa välillä voin keskustella kaikesta taivaan ja maan välillä, niin iloista kuin suruista. He ovat myös jossakin täällä metsätiellä taivaltamassa. Kaikilla on kuitenkin omat huolensa kannettavanaan. Siksi yritämme täällä kestää oman matkaamme rasitukset toisiamme tukien," äiti hymyilee väsyneenä ja jatkaa.

" Olen jo aikaa sitten oppinut luottamaan Vapauttajaan, vaikka välillä kaikki tuntuu ylivoimaiselta. Mieheni nääs on sairas, eikä jaksaisi taivaltaa. Hidas vaelluksemme koettelee meidän kaikkien kärsivällisyyttä. Mieheni puolestaan yrittää tehdä parhaansa taivaltaessaan sairauden murtamana. Uskomme pääsevämme Gan-järvelle ennen kuin sairaus murtaa mieheni. Siellä lasteni kanssa autamme hänet uimaan järven parantavaan veteen. Ehkäpä vielä tapaamme, ystävällinen muukalainen, niin harva enää nykyään tarjoaa apuaan. Toivotan sinulle hyvää loppumatkaa," äiti sanoo lopuksi, antaen käytöksellään ymmärtää, ettei jaksa keskustella kauempaa.

" Hyvää matkaa teillekin. Toivottavasti tapaamme perillä," Mavriaan sanoo ja kääntyy jatkamaan matkaansa.

Hän toivoo pian löytävänsä temppelin, sillä äskeisen perheen näkeminen teki häneen syvän vaikutuksen. Hän haluaisi hiljentyä Vapauttajansa edessä, kuunnellen hänen viisaita ajatuksiaan. Kuinka monenlaista kulkijaa ja kohtaloa onkaan matkalla Gan-järvelle. Useimmat jaksavat perille asti ja vain harvat ja kääntyvät takaisin. Mavriaa muistelee temppeliä, jossa hän lepäsi viikon, ja joka oli täynnänsä matkalaisia eri puolilta maailmaa. Mikä sopusointu ja rauha olikaan vallinnut heidän keskuudessaan.

Siellä hän oppi, että se mikä yhdistää on sittenkin voimakkaampaa kuin se mikä erottaa. Tärkeintä on yhteinen päämäärä ja määränpää, keskinäinen ymmärrys ja toisten hyväksyminen.

Hän muistaa kuinka laaksossa ollessaan oli hävennyt ja vähätellyt itseään, siinä yhteisössä, jossa hän eli. Lopulta hän hukkasi oman persoonansa, jonka hän on pikkuhiljaa tavoittanut vasta täällä metsän rauhoittavassa levollisuudessa.

Täällä metsässä kaikki ovat tasavertaisia, ketään ei verrata toisiinsa, sen enempää sisäisen kuin ulkoistenkaan ominaisuuksien perusteella. Jokaisella on oikeus olla omanlaisensa, kenenkään ei tarvitse olla mitään sellaista mitä ei koe omakseen.

Itseasiassa, matka Gan-järvelle onkin opettelua elämään, tuntemaan, näkemään ja kuulemaan aidosti. Verratessaan laakson aikaisia kokemuksiaan metsän kokemuksiin, a tajuaa ensimmäisen kerran, kuinka suuri muutos hänessä on huomaamatta tapahtunut.

Metsässä kulkiessaan hänen toivonsa ei koskaan sammu. Taivaltaessaan laaksossa hän ei uskaltanut tehdä mitään, hän eli kuin vanki, ajatteli kuin vanki, peläten koko ajan tekevänsä jonkin virheen ja tulevansa väärinymmärretyksi.

Hän herää ajatuksistaan huomatessaan tien alkavan nousta kohti vuoren rinnettä. Haimilla on varmaankin jo jano ja hän itsekin tahtoisi raikasta vettä. Hän alkaa etsiä katseellaan lähdettä ja sopivaa lepopaikkaa.

Vasemmalle vilkaistessaan hän huomaa laakson näkyvän pitkästä aikaa alapuolellaan. Sen talot näyttävät pisteiltä. Laaksossa kaikki näyttää pieneltä täältä katsottuna. Hän tuntee entistäkin varmemmin, kuinka oikea olikaan päätös jättää laakso ja siirtyä metsän rauhaisaan suojaan. Jonkin aikaa taivallettuaan hän huomaa oikealla, kauniin lehmuskujan, joka johtaa suoraan kauniiseen temppeliin. Kolme pyöreäpäistä kuparitornia vartioi valtaisaa rakennusta, jonne johtaa korkeat rappuset. Mavriaa on kiitollinen, juuri tätä hän olikin toivonut, päästä kokemaan jälleen temppelin levollisuutta ja rauhaa.

Hän ohjastaa Haimia vauhdikkaaseen raviin, tien pintaan kovettuneen hiekan kopistessa hevosen kavioiden alla. Hän nauttii lehmuskujan kauneudesta, auringon vilahdellessa puiden lomasta.

Saavuttuaan temppelin pihaan hän hypähtää alas ratsun selästä. Hän huomaa keskellä pihaa olevan kauniin suihkulähteen, josta Haim voi juoda. Hieman sivummalla on pieni kivijalkaan rakennettu juoma - allas pienine suihkunoroineen, ihmisten juoda.

Mavriaa päättää olla sitomatta Haimia kiinni, sillä se on säyseä eikä vahingoita ketään. Vapaana se voi rauhassa mennä niitylle syömään tuoretta ruohoa ja hakea suojaa auringon polttavilta säteiltä puiden varjoissa.

Noustessaan temppeliin johtavia rappusia Mavriaa laskee niiden lukumääräksi tasan 365, saman verran kuin vuodessa on päiviä. Noustuaan rappuset, hän vetää temppelin valtaisan oven auki. Päästyään sisään rakennukseen, hän huomaa yllätyksekseen, että sielläkin on vielä korkeat, leveät portaat ylös temppeliin, joskin näissä rappusissa on ainoastaan 30 askelmaa. Mavriaa on väsynyt kiipeämisestä, mutta nousee silti sinnikkäästi ylös asti. Rakennuksen katto on kauttaaltaan lasia. Lasikatto lepää kolmen temppeliä ylhäisestä korkeudestaan vartioivan tornin välissä.

Päästyään perille Mavriaa istahtaa väsyneenä temppelin viimeiseen penkkiriviin. Hän nauttii rakennuksen vilpoisuudesta ja avaruudesta. Jonkin aikaa hän vain istui hiljentyneenä, antaen temppelin rauhan virrata itseensä. Hän luovuttaa kaikki ahdistavat ajatuksensa Vapauttajalleen.

Suloinen ja lempeä rauha laskeutuu hänen sydämeensä. Siinä istuessaan hän vapautuu kaikesta painotaakasta, joka matkan aikana on täyttänyt hänen mielensä.

Hän katsoo vasemmalla puolella olevista kapeista, koko seinän korkuisista ikkunoista ulos. Kesäiset lehmukset huojuvat tuskin näkyvästi, niiden levollinen raikkaus ja kauneus on kuin ylistyslaulua kaiken Luojalle.

Mavriaa nousee, vilkaistakseen lehterin alla puisen kaiteen takana olevalle pöydälle, josko siellä olisi jotakin luettavaa.

Astuessaan pöydän eteen, hän huomaa rikotun, vuosisatoja vanhan kristusikonin, monena kappaleena lojumassa pöydällä. Surullisena hän ottaa palat käteensä, yrittäen yhdistää niitä toisiinsa, koettaen hahmottaa kuvan kokonaisuuden.

Jostakin hänen sisimpään tulee varmuus, että kuvan rikkoja on ollut pettynyt ja petetty. Joku on valehdellut hänelle, joku on tuhonnut hänen sisäisen Jumalakuvansa. Mavriaan täytyy löytää tuo haavoittunut. Hän kävelee temppelin ympäri tarkistaen jokaisen penkkirivin aina lehteriä myöten. Viimein hän huomaa vasemmanpuoleisella seinustalla pienen yksinäisen oven.

Saapuessaan ovelle hän empii hetken ennen kuin avaa sen. Se on kuin portti jonnekin tuntemattomaan maailmaan. Josta hän ei tiedä mitään. Lopulta hän rohkaisee mielensä työntäen oven varovasti auki. Astuessaan ulos hän huomaa saapuneensa kauniiseen temppelipuutarhaan, joka on täynnään kauniita puita ja ruoho on uskomattoman raikasta.

Katsellessaan ympärilleen näkemästään nauttien hän huomaa oudon kaksin kerroin taipuneen nyytin makaavan puun juurella.

Hän lähestyy nyyttiä varoen ja tultuaan sen kohdalle, hän huomaa sen maassa makaavaksi naiseksi.

Hän kyykistyy naisen viereen katsellen ja koskettaen tämän ihoa, varmistuakseen hänen olevan hengissä. Nainen hengittää pinnallisesti, hänen pulssinsa on heikko. Mavriaa tuntee naisen hengen olevan juuri jättämäisillään hänet. Tämän naisen täytyy olla sama henkilö, joka on rikkonut ikonin, joka oli palasina Temppelin lattialla. Kuinka hän on päätynyt puun juurelle tänne kauniiseen puutarhaan.

Mavriaa asettaa kätensä naisen pään päälle ja toisen tämän hartialle, aloitteen rukouksen

"Rakas Vapauttaja, sinä näet tämän rakkaan lapsesi, joka myrkytettynä ja hyljättynä on valmis jättämään tämän maailman. Minä rukoilen, että vapautat hänet, annat hänelle uskonsa takaisin ja korjaat ne haavat, jotka ihmiset tietämättömyydessään ovat aiheuttaneet. Sinähän tiedät Vapauttaja, kuinka vähän me ihmiset tunnemme ja ymmärrämme hyvyyttäsi. Maailmassa on paljon ihmisiä, jotka eivät vielä ole oppineet tuntemaan rakkauttasi, joka kattaa kaiken syvimmästä pimeydestä kirkkaimpaan valoon. Rakas Vapauttaja auta, muuten tämä lapsesi tässä kuolee," heti näiden sanojen jälkeen, maassa jo melkein hengettömänä maannut nainen alkaa nytkiä. Mavriaa kavahtaa ja siirtyy sivummalle. Tajuttomuudesta heräävä nainen alkaa antaa ylen. Naisen myrkyttäneen sapen pursutessa kouristelevasta kehosta vihreänä aaltona ruohikkoon.

Jonkin ajan kuluttua nainen valahtaa väsyneenä takaisin ruohikolle lepäämään. Mavriaa kävelee varovasti hänen luokseen ja esittäytyy.

" Hei ystäväni, tervetuloa takaisin," Mavriaa sanoo naiselle.

"Hei," hän kuiskaa tuskin kuuluvasti.

"Tule, minä vien sinut temppelin vierellä olevan puhdistautumisaltaaseen. Kaipaat varmaan kylpyä ja raikasta vettä juodaksesi." Mavriaa sanoo ojentaen kätensä, auttaen naisen maasta ylös. He kulkevat kohti rakennusta naisen nojatessa raskaasti taluttajaansa, niin että heillä on molemmilla hankaluuksia pysytellä pystyssä.

Perillä Mavriaa ohjaa naisen puhdistautumishuoneeseen peseytymään. Hän itse hakee sillä välin juoma-altaasta vettä suureen maljaan ja poimii lehmuskujan viereltä tuoreita hunajamarjoja.

Saavuttuaan takaisin Temppeliin, hän yhtäkkiä muistaa kuinka korkeat ja pitkät rappuset olivatkaan lehmuskujalle ja takaisin. Hänelle oli varmaankin annettu ylimääräistä voimaa kiivetä ne edestakaisin, koska ei tuntenut itseään enää edes väsyneeksi.

Nainen saapuu peseytyneenä takaisin temppeliin. Mavriaa ojentaa hänelle noutamansa eväät ja juotavan, jotka toinen ottaa ilomielin vastaan." Kiitos ystäväni, en edes muista milloin olen viimeksi syönyt ja juonut, enkä sitäkään kuinka kauan olen maannut ruohikolla tiedottomana," nainen selittää hämmentyneenä tuntemattomalle auttajalleen.

" Ei sen ole väliä, syö marjat ja juo vesi, joka tulee Gan-järveltä, niin voimistut." Mavriaa lohduttaa ja rohkaisee naista.

He istuvat vaiti, toisen syödessä ja toisen rukoillessa hiljaa mielessään. Temppelin rauha saa heidät molemmat rauhoittumaan. Syötyään nainen istuu Mavrian vierellä katsellen sivuikkunoiden takana hiljaa huojuvia lehmuksia.

"Minun nimeni on Madigaa," nainen esittelee itsensä.

" Minä olen Mavriaa. Me olemme tavanneet aikaisemminkin. Ensimmäisen kerran kohdatessamme sinä istuit alatien ristillä, jossa on pehmeää hiekkaa ja viimeksi tavatessamme olitte isolla joukolla Syväjärvellä mattopyykillä. Sinä jäit vilkuttamaan perääni ja epäilit ettemme tapaa enää koskaan. Muistatko?"

Nainen nyökkää surumielisesti sillä niin paljon on tapahtunut sen jälkeen. Mavriaa jatkaa puhuen rauhallisesti ja rauhoittavasti.

" Niin siitä on jo aikaa, vaikka tuntuu kuin kaikki se olisi tapahtunut aivan äsken, mutta se johtuu siitä, että metsän aikavyöhykkeet vaihtuvat niin usein. Olet kasvanut ja varttunut. Huomasin vasta äsken, astuessasi temppeliin kuka olet. Eikä olekaan ihme, ettet tuntenut minua, sillä olithan vasta lapsonen viimeksi tavatessamme." Mavriaa hymyilee ja jatkaa.

" Luuletko, että voisin nyt lähteä, sillä hevoseni odottaa tuolla ulkona. Meidän on jatkettava matkaamme ennen kuin ilta käy liian myöhäiseksi, sillä yövymme lehdossa. Haluaisin vielä katsella vuoria ilta-auringon laskiessa." Mavriaa tiedustelee.

" Kyllä, voitte mennä. Muistan sinut hämärästi mattorannasta sekä sen kun sanoin, että ymmärrän yksinäisyyden kaipuusi. Itsekin rakastan yksinäisyyttä, sillä ajatukset ovat hiljaisuuden lapsia kuten eräs viisas runoilija on kauniisti sanonut. Kiitos sinulle huolenpidostasi ja silitä Haimin harjaa puolestani." Madigaa vastaa.

He hymyilevät toisilleen, nostavat kätensä vielä viimeiseen tervehdykseen. Mavria lähtee kohti ulko-ovea lehmuskujalle, Madigaan jäädessä vielä temppelin hiljaisuuteen rauhoittumaan kokemastaan.

Mavriaa kiirehtii ulos, astellen reippaasti rappuset alas, etsien Haimia katseellaan. Saavuttuaan lehmuskujalle hän huomaa hevosen lepäävän rauhassa puun varjoisassa suojassa.

Kuullessaan emäntänsä askeleet se nousee kääntyen hirnahtaen Mavriaa vastaan. Mavriaa silittää hevosta sen tullessa hänen luokseen. Jonkin aikaa he seisovat katsellen lehmuskujan suuntaan. Sitten Mavriaa kiipeä satulaan. Haim lähtee kulkemaan rauhaisaa tahtia kovettunutta puiden varjostamaa pölisevää kujaa takaisin päätielle. Sinne saavuttuaan he kulkevat vielä jonkin matkaa. Laakso häämöttää koko ajan vuoren juurella tien vasemmalla puolella.

Mavriaa katselee sitä oudon tunteen valtaamana. Tuntuu kuin hän jättäisi hyvästi tuolle kylälle, jossa hän syntyi ja kasvoi aikuiseksi, jossa vaelsi yksinäisenä ennen kuin löysi metsän suojaan. Vähän ylempänä vuoren seinämässä on luolamainen syvennys, jonne hän mahtuu nukkumaan seuraavaksi yöksi. Hevoselle puolestaan löytyy suojaisia poukamia missä levätä yön yli. Purettuaan tavaransa ja riisuttuaan hevosen satulan, Mavriaa levittää peittonsa luola- aukolle istahtaen sen päälle.

Laakso näkyy täältä entistäkin selvemmin ja Mavriaa katselee sitä kyynelten valuessa kasvoille. Mavriaa on vaiti ja huutaa. Ei, hän ei itke ääneen, vaan suru valuu suolaisena norona, kyyneleiden pudotessa luolan kivilattialle.

Hänen on vaikea ymmärtää, miksi itkee. Se on vain pohjatonta surua, joka ei kohdistu mihinkään erityiseen, vaan laakson näkeminen kaikkineen saa sen aikaan. Linnut ovat jo hiljentyneet yön syliin. Auringon kehrä alkaa laskeutua vuorten taakse. Luonto alkaa vaipua hiljaisuuden syliin, herätäkseen jälleen aamulla.

Mavriaa kaivaa repustaan matkarasian, sillä hän kaipaa lohdutusta, joka huuhtoisi laakson nostaman surun pois. Hän avaa rasian varoen. Jännittyneenä hän kurkistaa avattuun rasiaan ja huomaa siellä olevan pienen taivaan sinisen silkkinauhan.

Hän katselee vaaleansinistä silkkinauhaa ja sen kaunista tekstiä. Taas hänelle annetaan vahvistus sitä kaivatessaan. Avun, jonka vain Vapauttaja osaa antaa. Hän antaa yli ymmärryksen käyvän rauhan, jota tämä maailma ei voi antaa. Se on rauhaa, jonka saa lahjana.

"Kiitos, kiitos," hän hokee ottaessaan silkkinauhan käteensä, levittäen sen ilta -auringon kehrää vasten ja lukien kultaisella kirjoitetun tekstin.

Hän kohottaa päänsä ja katselee taivaan rannassa siintäviä vuoria, joiden takana -niin hän uskoo- on viimein Gan-järvi, sinne hän kaipaa.

Mavriaa silittää silkkinauhaa ja toistelee noita niin rakkaita sanoja. Hän painaa kankaan poskeaan vasten, kuivaa siihen kyyneleensä ja laskeutuu ylen väsyneenä, mutta helpottuneena levolle.

Sieltä hän jälleen sai avun Elämänkirjasta, jonka Henki on lahjoittanut ja Rakkaus ylöskirjannut ja Todeksi elänyt. Vuosituhannet ovat vierineet, ihmiset ovat riidelleet, sotineet, pettäneet valehdelleet ja jokainen viimein hautaansa laskettu.

Elämänkirja elää vielä ja sen kautta Elämän henki, joka antaa tulevaisuuden ja toivon sinnekin missä ei enää toivoa ole.

Vapauttajan Henki itse puhaltaa unen Mavriaan ylle, antaen hänelle levon, jollaista tämä maailma ei voi antaa ja rauhan, joka käy yli ymmärryksen. Matkalaisten siinä nukkuessa, auringon kehrä painuu vuorten taa hiljaa ja lempeästi.

X LUKU

Matkalaiset heräävät aamulla varhain nähdäkseen aamuauringon nousevan kauempaa vuorten takaa. Mavria on levollinen vaikkakin surumielisyys, jonka laakson näkeminen sai aikaan, painaa hänen mieltään.

Hän siirtyy luola-aukon eteen ulkopuolelle, ottaen vesipullon ja hunajamarjat repustaan. Hän nauttii aamiaistaan katsellen taivaanrantaan, jonka takaa aamun kajastus jo häämöttää. Linnut ovat heränneet ja luonto on täynnä mitä ihmeellisempiä ääniä.

Katsellessaan ympärilleen, hän huomaa luolan edessä vinosti vasemmalla, männyn runkoa pitkin kipittävän oravan. Se pysähtyy noin metrin korkeuteen katselemaan Mavriaan aamun askareita uteliaana, tuuheaa häntäänsä ja korvatupsujaan iloisesti heilutellen.

Aurinko on jo puoleksi vuorten yläpuolella, valaisten taivaanrantaa. Mavriaa kääntää katseensa jälleen laaksoon. Siellä se lepää kaukaisena ja etäisenä, laakso, joka oli joskus kauan sitten osa hänen nuoruuttaan. Se kuului aikaan, jolloin hän hapuillen kasvoi kohti aikuisuutta.

Haim on löytänyt vähän matkan päästä lähteen, juoden tyytyväisenä kylmää ja raikasta vettä. Kuullessaan nimeään kutsuttavan, se nostaa turpansa vedestä, hirnahtaen hiljaa vastaukseksi ja jatkaa juomistaan. Mavriaa pakkaa tavarat ja vie ne satulan luo, joka on jo valmiina vuoren rinteellä olevalla ulokkeella. Repusta hän ottaa pakkaamansa vesipullon, ammentaen sen täyteen hevosen löytämästä lähteestä.

" Odota Haim, kohta lähdetään, täytän vain vesipulloni matkaevääksi ja sitten satuloin sinut matkaa varten. " Mavriaa kurkottaa lähteelle, joka on vuorten halkeamien välissä ja josta lähtee pieni vesinoro kohti vuoren ulkoreunamaa. Täytettyään pullonsa, hän satuloi hevosen, kiiveten itse vuoren seinämän ulokkeen kautta satulaan.

He kulkevat vuoritietä, joka nousee kapeana polkuna vuoren seinämää. Välillä Mavriaata pelottaa, sillä he ovat niin lähellä ulkoreunaa, että pienikin virheaskel hevoselta ja he putoavat alas jyrkänteeltä. Hänen on vain luotettava hevosen taitoihin, pysyteltävä mahdollisimman rauhallisena sen selässä, varoen tekemästä yllättäviä ja äkkinäisiä liikkeitä. Viimein he saapuvat melko suurelle aukiolle, josta hieman kauempana aukeaa lähes samanlainen tasanne. Katsellessaan alapuolella olevaa aukiota, hän huomaa siellä pienen lapsosen aivan yksin.

Pienokainen on ehkä parin vuoden ikäinen ja hänellä on yllään punaiset henkselihaalarit ja raidallinen pusero. Hän juoksentelee onnellisena, ilosta kiljuen ympyrää vuoren tasanteella.

Aluksi Mavriata hymyilyttää pikkuisen taaperrus, epävarmoin askelin ympäriinsä kallio rinteellä. Pikkuhiljaa Mavriaan hymy alkaa jähmettyä, hänen huomatessaan lapsen suurentavan ympyränsä kohti vuoren reunamaa.

Kauhistuneena Mavriaa vilkuilee ympärilleen etsien lapsen vanhempia, mutta ketään ei näy. Lapsi juoksee riemuissaan kiihdyttäen vauhtiaan, kunnes hän on niin lähellä vuoden reunamaa, että putoaminen ei ole kaukana.

Seuraava kierros näyttää kauhistuttavalta, pienoisen putoamista ei enää kukaan voi estää, eikä siellä ketään ollutkaan. Lapsi oli jätetty yksin, ilman turvaa ja suojaa.

" Auttakaa lapsi putoaa," Mavriaa yrittää huutaa, mutta pihahdustakaan ei kuulu.

Lapsi juoksee lähellä reunaa ja pienet jalat astuvat tyhjyyteen kenenkään estämättä ja pikkuruinen hahmo katoaa silmänräpäyksessä näkyvistä.

"Nyt lapsi putosi ja kuoli, " Mavriaa hengähtää tuskissaan.

Siellä, missä äsken kuului lapsen riemukasta naurua, on enää ammottava tyhjyys ja hiljaisuus. Tuntuu kuin kaikki ympärillä olisi hiljentynyt kuuntelemaan, mutta mitään ei kuulu, kaikki on hiljaista. Näin läheltä Mavriaa ei ollut kuolemaa ikinä nähnyt.

Hän katselee surullisena kallion ulkoreunaa, josta lapsen pikkujalat olivat ottaneet nuo kohtalokkaat askeleet, löytäen alleen vain tyhjyyden.

Siinä katsellessaan hän huomaa, kuinka valtavat sormet puristavat vuoren reunamaa ja sieltä nousee valkohiuksinen mies. Hän nousee vyötärön korkeudelle vuoren takaa. Miehellä on yllään valkoinen asu ja hän pitelee sylissään äsken kallion reunalta pudonnutta lasta. Mies katsoo lasta hellästi, asettaen hänet sitten varovasti takaisin vuoren rinteelle.

Mavriaa katsoo tapahtumaa ihmeissään. Mies on niin suuri, ettei kukaan ihminen voi olla, hänen kasvonsa ovat niin lempeät, ettei yhdelläkään ihmisellä voi olla sellaista lempeyttä olemuksessaan. Mies katsoo Mavriata ja hymyilee, samassa kadoten, yhtä nopeasti kuin oli tullutkin.

Lapsonen seisoo vahingoittumattomana hetken paikoillaan ja lähtee sitten metsää kohden. Mavriaa on vieläkin kauhun lamauttama, lapsen putoaminen, sekä ihmeellinen pelastuminen olivat uuvuttanut hänet henkisesti. Haim puolestaan on väsynyt raskaasta kiipeämisestä pitkin vaikeakulkuista vuorenrinnettä.

He jatkavat vielä jonkin matkaa ja onnekseen huomaavat pienen puisen temppelin vähän matkan päässä, metsikön suojassa vuoritien oikealla puolella. Matkan vaaroista väsyneenä Mavriaa ohjastaa hevosen temppelin pihalle. Hitaasti hän laskeutuu ratsun selästä maahan, seisahtuen sen eteen.

" Hyvä jalo ratsuni, sinä olet minulle tärkein aarre matkallani. Kuinka olisinkaan päässyt tänne asti ilman sinua ja kuitenkaan en ole sinua jaksanut hoitaa. Olemme molemmat niin väsyneitä taivaltamisesta, kunpa jo pian saapuisimme Gan-järvelle. Joskus tuntuu kuin matkan rasitukset kävisivät yli meidän molempien voimien." Mavriaa juttelee hevoselleen ajatuksissaan, samalla silitellen sen harjaa ja kiiltävää kylkeä.

" Odota täällä, minä vilkaisen temppeliin mahtaako siellä olla ketään tai onko siellä yleensäkään mitään. Tämä on jo niin syrjäistä seutua, etten jaksa uskoa siellä olevan montaakaan ihmistä, hän jatkaa vielä jutteluaan.

Temppeli on aivan puiden juurella ja sen oven edessä on vain yksi matala rappunen. Mavriaa vetäisee oven auki ja saapuu pieneen ja yksinkertaisen saliin.

Huoneessa on kymmenen penkkiriviä molemmin puolin keskikäytävää. Lähes kaikki istumapaikat ovat varattuja, mikä tuntuu erikoiselta, sillä syrjäisessä temppelissä ei olisi odottanut olevan näin paljon ihmisiä.

Mavriaa istahtaa ensimmäiseen penkkiriviin, koska muut paikat olivat varattuja. Hän tervehtii nyökäten vierellään istuvia. Hetken kuluttua alttarin eteen saapuu kuusi nuorta, kolme naista ja kolme miestä, jotka aloittavat laulun moniäänisesti ilman säestystä.

Eräs nuorista miehistä, elehtii Mavriaan mielestä liioitellusti laulaessaan. Hän vilkaisee ympärilleen kuin nähdäkseen, miten muut kuuntelijat reagoivat esitykseen. Hänestä tuntuu nololta katsella esitystä ja hän pelkääkin, että jonkun mielestä tämä musiikki on meluavaa ja epäpyhää. Laulun loputtua nuori mies, joka eläytyi liian innokkaasti esitykseensä, siirtyy sivuun nojaten seinässä olevaan ulokkeeseen kyynärpäällään. Nuorukainen on pitkä ja komea ja hän on pukeutunut valkoiseen kaapuun, jossa on vyö. Hän katsoo suoraan Mavriaan sanoen, ikään kuin julistaen syvällä ja auktoriteettisella äänellä.

" Jumalan siunaukset alkavat aina kolmannesta polvesta."

Mavriaata hävettää, sillä hän tietää tuon miehen nähneen hänen ajatuksensa. Kuka oli tuo mies, sitä hän ei saanut tietää, koska hän sanottuaan sanomansa mies katoaa temppelistä.

Tämä on raskas päivä, se on uuvuttanut Mavriaan aivan voimiensa äärirajoille asti. Hän nousee häpeissään ja murtuneena penkistä, kulkien ulko-ovea kohti. Hänen kävellessään käytävää, toiset temppelissä olijat jäävät vielä laulamaan. Mavriaa kuulee tutun melodian, mutta ei jaksa yhtyä siihen vaan suuntaa kohti ulko-ovea, astuen ulos puiden hiljaiseen huminaan. Hän seisahtaa hetkeksi temppelin pihalle, vetäen keuhkonsa täyteen raikasta kesäpäivän tuoksua.

Haim odottaa jonkin matkan päässä ja Mavriaa kulkee hiljalleen sitä kohti. Päivä on jälleen kulkemassa kohti iltaa, heidän olisi yövyttävä jossakin lähellä. He molemmat ovat jo päivän henkisistä ja ruumiillisista rasituksista niin väsyneitä etteivät jaksaneet vaeltaa kauas.

He taivaltavat väsyneinä ja nälkäisinä ilta-aurinkoa kohden. He etsivät sopivaa paikkaa yöksi. Pienen mäen päällä heidän edessään, pilkottaa yksinäinen rakennus. He suuntaavat sitä kohti.

Pieni pyöröhirsistä rakennettu katos, toivottaa väsyneet matkalaiset tervetulleiksi. Sen etuseinä on kokonaan avoin. Katoksen edessä on nuotiopaikka, jossa on vielä lämpöinen hiillos, edellisten matkalaisten jäljiltä. Raskaan matkaan uuvuttamana Mavriaa jaksaa hädin tuskin riisua satulan hevoselta ja viedä oman peittonsa katoksen suojaan.

Viimein hän istuu katoksen sisällä, katsellen lehtipuiden havinaa ja kuunnellen luonnon ääniä. Nyt hänellä on aikaa miettiä kaikkea mitä päivän aikana on tapahtunut.

Ajatuksiinsa vaipuneena häneltä jää huomaamatta, kuinka aurinko on jo piirtänyt pitkät varjonsa katoksen ylle, vaan tuijottaa jo sammunutta nuotion mustaa hiillosta.

Illan jo pimetessä ja viiletessä, hän painautuu katoksen turvaisaan suojaan. Hän nukahtaa kevyeen ja todentuntuisen uneen, jossa hän hänelle kerrotaan Gan-järven olevan katoksen takaisen mäen juurelta alkavan niityn takana.

XI LUKU

Aamulla hän herää avaten silmänsä ja katsellen metsän levollista rauhaa. Katos on rakennettu mäen harjanteelle, josta voi nähdä samaisen pienen temppelin, missä hän eilen kävi saapuessaan tänne.

Mavriaa miettii yöllistä untaan ja pohtii mahtaako Gan-järvi todellakin olla jo aivan katoksen takana olevan metsän reunassa. Hän kohottautuu istumaan ja alkaa laittautua matkaan, huudellen Haimia, joka saapuukin katoksen takaa puiden suojasta.

Hevonen astelee aivan katoksen eteen ja seisoo rauhallisesti, antaen emäntänsä laittaa sen matkakuntoon.

" Sinä uskollinen ja luja ratsuni. Olet kuljettanut meidät tänne kauas, väsyneenäkin olet jaksanut taivaltaa. Pian olemme perille." Mavriaa juttelee kiivetessään satulaan ja antaen hevoselle lähtömerkin. Hän ohjastaa Haimin kulkemaan kapeaa puiden suojassa pujottelevaa kaunista polkua. Polun molemmin puolin kasvaa rehevää kasvillisuutta, merkkinä siitä, että maa on hyvälaatuista ja kosteaa.

Mäkeä on vielä jäljellä jonkin matkaa. Sen juurelta alkaa metsä, joka jatkuu vielä virstan verran ennen kuin puut loppuvat ja heidän eteensä aukenee kaunis niitty, jota peittää häikäisevän vehreä ruoho.

Mavriaa pysäyttää hevosen, laskeutuen maahan ihailemaan ympärillään levittäytyvää kauneutta. Hän kulkee ihastellen maisemaa. Edessä, jossakin kaukaisuudessa siintävät vuoret kadoten korkeuteen, piilottaen huippunsa pilviverhon yläpuolelle.

Alaspäin viettävän niityn perällä on vuorten ympäröimä kaunis järvi, johon vuoret heijastuvat peilikuvana. Näkymä on henkeäsalpaavan kaunis. Hän astelee lähemmäs järveä, aivan vesirajaan. Vesi on kirkasta ja sen pohjassa näkyy vaaleaa hiekkaa ja kauniin pyöreitä vedenhiomia kiviä. Rannalla on puinen soutuvene, kuin odottamassa vesille pääsemistä. Mavriaa työntää sen irti rannasta lujalla tönäisyllä ja hyppää siihen.

Hän soutaa keskelle järveä hitain ja rauhallisin vedoin, ettei säikyttäisi luonnon rauhaa. Hän pysähtyy nostaen airot veneeseen. Sen laitaan nojaten hän katselee järven pohjaan. Vesi on niin kirkasta, että sen pohjassa olevat kivet ja kasvit näkyvät kirkkaina pintaan.

Yht'äkkiä kaiken vehreyden keskelle ilmestyykin alue, jossa kivet ovat tumman sammalen ja levän peitossa. Ne ovat kuin vuotena suurelle, kartion muotoiselle timantille, joka loistaa syvyydessä välkehtien kauniisti. Mavriaa tuijottaa henkeään pidätellen kiveä. Hän tajuaa sen olevan niin syvällä, ettei sitä voinut sukeltaa tai hakea minkäänlaisten konstein ylös.

Kuinka hän sattuikaan huomaamaan timantin kuin vahingossa, vai oliko se sittenkään vahinko. Hänen mieleensä nousee ajatus kuin salamana. Näin on myös elämässä, kaikkein kauneimmat ja herkimmät asiat ovat ihmisen ulottumattomissa. Ainoastaan Vapauttaja voi koskettaa ihmisten salatuinta sisintä, loukkaamatta ja vahingoittamatta sen herkkää olemusta.

Mavriaa nousee istumaan ja airot veteen laittaen alkaa soutamaan takaisin rantaan päin. Hän nauttii jokaisesta aironvedosta, jokaisesta henkäyksestä, täällä Gan-järven rauhallisessa suojassa.

Perille päästyään hän menee hevosen luo riisuen siltä satulan ja ottaen matkatavarat sen selästä. Hän laittelee tavarat järjestykseen, varmistaen ettei mitään ole unohtunut. Toimitettuaan askareensa hän astelee veteen, hevosen seuratessa perässä.

Matkalaiset nauttivat vedenvilpoisuudesta. Mavriaa ui ja vuoroin lepää sen samettisessa pehmeydessä. Hevonen ui pitkän lenkin ja sen raskas hengitys kantautuu veden yllä. Jonkin ajan kuluttua Haimin äänet loittonevat ja Mavriaan vilkaistessa rantaan päin, hän näkee sen nousseen jo pois vedestä. Siellä se seisoo keskellä kauneinta niittyä syöden tyytyväisenä ruohoa.

Mavriaa jää vielä pitkäksi toviksi veteen. Hän katselee kauniita vuoria, niiden heijastuessa vedenpintaan kuvajaisena

Metsä seisoo rannalla kuin vartioiden ja suojellen järveä tummana korkeana aitana.

Viimein hän virkistyneenä nousee rannalle, kuivatellen itseään. Puhtaat vaatteet yllään, hiuksiaan harjaten hän kävelee hieman eteenpäin. Häntä vastaan saapuu Muukalainen, ystävällisesti tervehtien. He istahtavat rannalle ja Muukalaisen seura rauhoittaa Mavriaan lopullisesti.

He keskustelevat kauan, viisas Muukalainen kertoo olevansa Taivaan Lähettiläs ja opettavansa Mavrialle Elämän sanoja sekä kertoen salaisuuksia Gan järvestä ja sen tarkoituksesta. He istuivat kauan ja Mavriaa oli lumoutunut kaikesta kuulemastaan. Lopulta Lähettiläs kertoi, miksi hän on tullut tapaamaan Mavriaata.

" Mavriaa, sinä olet ollut rohkea ja luja matkallasi tänne. Nyt sinun täytyy kuitenkin palata vielä hetkeksi temppeliin, jossa vierailit viimeisenä iltana ennen tänne tuloa. Temppelissä kohtaat henkilön, jolle luovutat nimesi Mavriaa. Tehtävän suoritettuasi saavut takaisin tänne Gan-järvelle.

Sinulle annetaan uusi nimi, jonka kuulet vasta, kun olet luovuttanut omasi seuraajallesi temppelissä. Olet nimetön niin kauan, kunnes sinulle täällä annetaan uusi nimi. Mene ystäväni ja toimita tehtäväsi," Lähettiläs sanoi hänelle lempeästi.

Hän on sama henkilö, joka antoi Mavrialle ehtoollisen temppelissä kauan sitten. Tämä sama Lähettiläs oli pelastanut vuoren jyrkänteeltä pudonneen lapsen. Hän kertoi myös Temppelissä Jumalan siunausten alkavan aina kolmannesta sukupolvesta. Mavriaan täytti pyhä kunnioitus tuota täydellisen komeaa ja viisasta Lähettilästä kohtaan. Sisimmässään hän tiesi miehen olevan Vapauttajana lähettämä Enkeli. Elämän kirjassa on kerrottu näistä suurista Sankareista, joita ihminen ei yleensä näe. Nyt hänen, mitättömän ihmisen, on annettu kohdata näkymätön näkyväisenä.

Nopeasti hän satuloi Haimin ja he lähtevät ratsastamaan kohti edellisen iltaista Temppeliä. Jännittyneenä Mavriaa odottaa tehtävänsä täyttämistä, tietämättä kuka on se henkilö, jolle luovuttaa perintönä oma nimensä.

Hevonen kulkee lujaa vauhtia kiidättäen heidät temppeliin. Pian he ohittavat katoksen, missä viettivät edellisen yönsä. He kääntyvät mutkasta vasemmalle. Jonkin aikaa matkattuaan he saapuvat perille. Mavriaa laskeutuu maahan ratsailta, jättäen Haimin odottamaan vapaana, sillä hän ei usko viipyvänsä kauan.

Avattuaan Temppelin oven ja astuessaan sisään, hän näkee yksinäisen hahmon rukoukseen hiljentyneenä penkillä. Hän istuu kyynärpäät polviin nojaten ja kädet kasvoillaan rukoillen hiljaa. Mavriaa tarkastelee hiljaista, rukoukseen keskittynyttä hahmoa. Ilahtuneena hän tunnistaa hahmon aikuiseksi kasvaneeksi pikkutyttöseksi alatien ristiltä, jossa oli pehmeää hiekkaa.

" Tervehdys ystäväni Madigaa" Mavriaa tervehtii hymyillen.

Istuja säpsähtää, ottaen kädet kasvoiltaan ja vastaa.

"Tervehdys ystäväni Mavriaa." Hän vastaa hymyillen.

" Tulin tuomaan sinulle hyvää viestiä ystäväni. Tänään sinulle annetaan uusi nimi, enää et ole Madigaa Huolestunut vaan Mavriaa Matkaaja, sillä sinun sairautesi on voitettu. Tästä eteenpäin voit luottaa Vapauttajaan. Hän alkaa parantamaan ja opettamaan ja sinua Hengen ja Elämän Kirjan kautta. Pian sinulle annetaan matkarasia avuksi matkallasi Gan-järvelle. Minun matkani vei jo sinne, mutta sinun on vielä jonkin aikaa vaellettava ennen kuin polkusi johtaa järvelle.

Epäilyksen tullessa, matkan käydessä raskaaksi ja väsyttäväksi muista, että perillä sinua odottaa ystävä. Älä lannistu, ole luja ja rohkea. Vapauttaja auttaa sinua. Nyt sanon sinulle näkemiin, en hyvästi, sillä pian sinäkin löydät perille ja tapaamme uudelleen." Mavriaa lopettaa viestinsä ja menee Madigaan luokse.

He seisovat hiljaisuudessa ja laittavat kätensä vastakkain ja liittävät kädet toistensa käsien sormien ympäri yhteiseen rukoukseen. Mavriaa siunaa Madigaan matkalleen. ja Madigaa kiittää rukouksessa ystäväänsä, joka toi hänelle lohdullisen viestin.

Näin Mavriaa, joka nyt on nimetön jatkaa matkaansa kulkien ovelle Uusi Mavriaa seuraa katseellaan hänen loitontumistaan. Haim odottaa seisoen rauhallisena paikallaan. Nimetön kiipeää satulaan ja silittää hevosen harjaa ja halaa sitä kiitokseksi. Hän hoputtaa hevosta nopeaan raviin, sillä hän haluaa palata pian takaisin Gan-järvelle.

He ratsastavat lujaa vauhtia hevosen aistiessa emäntänsä kaipauksen Gan-järvelle. He ohittavat jälleen öisen lepokatoksen, kulkevat rehevän kasvillisuuden viitoittamaa polkua, he saapuvat niitylle, jonka takana Gan-järvi hohtaa kimmeltäen auringossa.

Viisas Taivaan Lähettiläs istuu rannalla samassa paikassa, jossa oli heidän lähtiessään. Nimetön pysäyttää hevosen laskeutuen maahan ja astelee niityllä istuvan miehen luo, joka hänet nähdessään nousee seisomaan. Lähettiläällä on yllään valkoinen kaapu, jonka vyötäröllä on kultainen leveä vyö ja vasemmalta vyötäröltä lähtee yksi leveä vyö rinnan yli oikealle olalle, kiertäen selän puolelta oikealta vasemmalle vyötärölle yhdistyen rinnanpuolelta lähtevään kultavyöhön.

Miehen kasvoista loistaa rakkaus ja lempeys, joka käy yli ihmisen ymmärryksen. Hän nousee ja saapuu nimettömän luo.

Hän on pituudeltaan lähes kolme metriä pitkä ja nimetön tuntee itsensä hänen rinnallaan lapsukaiseksi.

" Olet suorittanut tehtäväsi, näin uuden Mavriaan tutkivan jo lahjaksi saamaansa matkarasiaa. Sinä veit hänelle toivon viestin ollen kuuliainen Vapauttajalle. Nyt saat uuden nimen. Sinun nimesi on Haitar vapautettu, joka on löytänyt todellisen vapauden. Sinun Vapauttajasi on sinut vapauttanut, koska olet etsinyt totuutta salatuimpaan saakka." Lähettiläs kiertää vielä kätensä Mavriaan ympärille ja laskee kätensä hänen päänsä päälle. Siunaten hänet tutuilla sanoilla matkalleen.

Mavriaa tuntee painovoiman katoavan ja nousevansa ylös hänen oikealla puolellaan kohoaa pylväs, jota kiertävät samat valkoiset kultakaiteiset kierreportaat, joista hän uneksi kauan sitten temppelissä.

Haitar liitää metsän yläpuolelle kohti korkeutta. Jonkin matkaa mentyään hän huomaa entisen Madigaa huolestuneen, joka nyt on

Mavriaa Matkaaja. Hän istuu hevosen selässä, katsoen kaihoisasti ylös Haitar vapautettuun.

He nostavat kätensä viimeiseen tervehdykseen toisilleen. Molempien mielen täyttyessä rauhalla ja luottamuksella Vapauttajan antamasta rauhasta. Tämä on se rauha, jonka Vapauttaja antaa lahjaksi. Mavriaa silittää hevosen kiiltävää kylkeä ja tuuhea harjaa puhellen sille lempeästi. Hevosen satulan sivulaukun avoimen läpän alta välkkyy auringonvalossa välkehtivä matkarasian kansi.

Matkarasian, Mavria sai edeltäjänsä lahjaksi. Se on Elämänkirjan aarresanojen matkarasia. Rasian silkkisten nauhojen kultaisesta kirjoituksesta Mavriaa saa turvaa ja luottamusta, kuten hänen edeltäjänsä. Mavriaan matka Gan – järvelle ratsunsa Haimin kanssa on alkanut.

Rohkeus on turvautumista ihmeeseen,

joka sisälläsi asuu.

Olet enemmän kuin aavistat

Tommy Hellsten